Sarah DARS

Ramdam à Mahâbalipuram

Roman policier

Éditions
Philippe Picquier

DU MÊME AUTEUR
AUX ÉDITIONS PHILIPPE PICQUIER

Nuit blanche à Madras,
poche n° 131

Coup bas à Hyderâbâd,
poche n° 140

© 2001, Editions Philippe Picquier
   Mas de Vert
   B.P. 150
   13631 Arles cedex

En couverture : Vishnu-Varaha combattant le démon Hiranyaksha
(détail d'une série illustrant le *Bhagavata Purana*).
Gouache sur papier, école Pahari, XVIIIᵉ siècle, Chandigarh
Museum
Photo © Jean-Louis Nou

Conception graphique : Picquier & Protière

ISBN 2-87730-503-1
ISSN : 1251-6007

En souvenir de mon amie Marie-José Lamothe
qui, à sa manière, fut une *shakti*

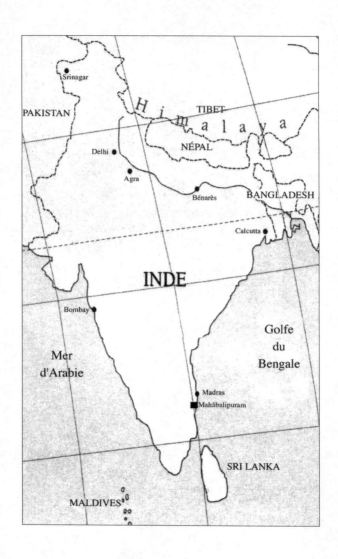

Personnages

Doc	brillant médecin, de caste brahmanique
Arjun	son meilleur ami, médecin et brahmane
Sumitrâ	vendeuse de souvenirs à Mahâbalipuram
Lakshman	frère cadet de Sumitrâ
Vasantâ	épouse de Doc
Prasad	inspecteur de police
Dr Sharma	médecin légiste
M. Tilak	ami de Doc, juge à la retraite
Taralikâ	secrétaire du juge Tilak
Rohinî	amie de Sumitrâ

Chapitre 1

La dernière chose qu'elle vit avant de mourir fut ce palmier déraciné par la tempête, qu'elle avait déjà remarqué la veille.

Ce fut à jamais l'ultime vision de Sumitrâ. Juste avant le palmier, elle avait vu défiler, rapides, quelques visages connus. Ils lui parurent rajeunis et insouciants. Pour certains, plus précis que dans son souvenir, mais tellement fugaces, comme si les images passaient d'abord en accéléré, puis à une vitesse vertigineuse. Cela lui avait donné précisément l'impression d'un terrible vertige et elle avait tenté en vain de se rattraper à la main qui la frappait. En tombant, elle avait cru voir une scène de théâtre de rue, sa scène préférée du *Râmâyana*, puis la plage au crépuscule et deux silhouettes marchant vite et qui n'évitaient pas les vagues. L'une de ces silhouettes était la sienne. Elle entendit gronder l'océan, ensuite une vague plus forte que les autres les sépara et elle eut le temps d'apercevoir le visage de l'homme qui se retournait avant de s'éloigner, se mouvant très vite lui aussi. Elle crut entendre des miaulements mais ce n'était pas l'heure de la visite du chat. Elle s'entendit dire, sans bien comprendre ses propres paroles, que pour la fête des chars, qui devait avoir lieu bientôt, elle ne serait peut-être pas sur pied. Bah ! Les festivités, ce n'est pas ce qui manque. Dommage pourtant car, à chacune de ces grandes fêtes religieuses, la ville et ses environs se transforment en immense kermesse et tout peut arriver, le meilleur comme le pire. Surtout, ne pas penser au pire. Vint alors l'image presque fixe du palmier, redressé maintenant, et elle mourut dans une douleur insoutenable. Ou plutôt qui l'eût été, sans la dose de calmant qu'on lui avait fait ingurgiter.

Personne ne songea à lui fermer les yeux, mais ils ne voyaient plus rien de toute façon.

La *Sârangî melâ* de Bhopal avait attiré des milliers de spectateurs, venus de toute l'Inde, ainsi que de nombreux étrangers. Mais tous n'avaient pas la chance d'être aussi bien placés que Doc et son ami Arjun pour le grandiose concert de ce soir. Tous deux brahmanes, médecins et mélomanes, ils n'avaient pas hésité à faire le long voyage en train depuis Madras pour assister à ce grand festival de *sârangî*. Fameux depuis quatre cents ans dans le nord et le nord-ouest du pays, l'art de la *sârangî*, instrument à cordes multiples dont la lointaine origine remonte aux Arabes, est en danger de disparition

– ou du moins, c'est le bruit inquiétant qui se répand environ tous les dix ans parmi les amateurs et qui provoque des manifestations de ce genre, une *melâ* de trois jours, et surtout de trois nuits, avec innombrables concerts, conférences, discours et remises de prix. On se réunit pour exprimer le refus de voir disparaître cet art incomparable, pour connaître les dernières rumeurs, et pour goûter une fois encore à un plaisir trop rare.

Laissant ceux qui aiment cela s'épuiser en réunions et pétitions, Doc et son ami avaient mis à profit le temps libre entre les concerts pour visiter aux environs le grand stûpa bouddhique de Sânchî et les grottes d'Udayagi. A d'autres époques, la ville elle-même présentait moins d'intérêt mais, durant la *melâ*, elle s'animait de façon inattendue. A tous les coins de rue, dans les jardins publics, sur les marches des bâtiments administratifs, des musées, des temples et des mosquées, comme sur les rives du lac, on pouvait voir à toute heure des groupes discourant autour d'une ou de plusieurs *sârangî*.

L'instrument, comparable à une grosse cigale de bois, reposait généralement sur un linge, ou bien quelqu'un le tenait avec déférence. Et les conversations ne tarissaient pas. La qualité du bois de mûrier dont est faite la caisse y tenait une grande place. On parlait des luthiers, de plus en plus rares qui, à Jaipur comme à Jodhpur, cherchaient en vain des successeurs. Du groupe folklorique rôjasthâni de *sârangî* : cent vingt-cinq musiciens qui s'étaient produits tous ensemble la veille dans une ambiance à tout casser. De Gopal Mishra et Dhruba Gosh, d'Ustad Sultan Khan et Pândit Ram Narayan, les plus grands, mais aussi de *sârangiya* bien moins connus. On parlait beaucoup de l'enregistrement, diffusé par haut-parleurs dans toute la ville, du plus grand *sârangiya* du siècle, aujourd'hui disparu, Ustad Bundu Khan. Et aussi des cordes traditionnelles qu'il fallait remplacer toutes les demi-heures, alors que certain jeunot utilisant de la corde à raquette de tennis pouvait jouer trois heures sans en changer. Les puristes faisaient la moue.

— Quel dommage que nous ayons si peu de protecteurs, donc si peu de crédits. Que font donc nos mécènes ? On dirait vraiment que la *sârangî* est le parent pauvre de la musique ! Et pourtant personne n'ignore qu'on en jouait à la cour des princes. Et en solo s'il vous plaît ! Alors que c'est devenu surtout un accompagnement.

— Si seulement ! Même pour l'accompagnement, l'harmonium remplace de plus en plus souvent la *sârangî*. C'est tellement plus facile à apprendre !

— Il est vrai que la *sârangî* est un instrument diabolique et que tout le monde est trop pressé ou trop paresseux de nos jours pour trouver le temps d'apprendre à en jouer !

— Ou trop douillet car, ne l'oublions pas, l'art de pincer les cordes par-dessous vous met les doigts en sang, même si on les protège à

Ramdam à Mahâbalipuram

l'aide de dés. Un cal au bout de chaque doigt, voilà ce que récolte le *sârangiya* !

— C'est juste. Le déclin est tel que même certains *sârangiya* accomplis ont préféré devenir chanteurs, pour ne citer que Bade Gulam Ali Khan ou Pândit Onkarnath Thakur.

— Peut-être l'instrument est-il actuellement trop lié à l'idée de deuil pour le public ?

— Forcément, puisqu'on en joue chaque fois que quelqu'un d'important meurt ! Pourtant, je ne trouve pas que ce soit une musique triste. Et vous ?

Et ainsi de suite, toute la journée. En hindî, en tamil, en marâthî, en urdû, en telugu, gujarâtî ou kannara. Avec un mot d'anglais par-ci par-là et parfois même toute une phrase.

Pour le dernier concert, le plus attendu, Ustad Sultan Khan devait jouer accompagné au *tablâ* par Zakir Hussain. Grâce à un de leurs amis, directeur du conservatoire de Bhopal, Doc et Arjun se trouvaient aux premières loges. La fin de ce beau jour d'automne était merveilleusement douce et le ciel se striait au couchant de longs nuages roses. Des torches parfumées brûlaient déjà sur les berges du lac, et de grands paniers remplis de fleurs coupées délimitaient les rangées de gradins que la foule envahissait sans répit. Le flot des spectateurs était tel qu'on avait l'impression que jamais il n'y aurait assez de place pour tout le monde. Dès le premier soir, les notables avaient déserté le pavillon jouxtant le premier parterre qu'on leur avait destiné, et ils

étaient venus s'asseoir à même le sol, face à l'estrade flottante des musiciens. Aussitôt on leur
avait apporté là de gros coussins et, depuis, ils
regagnaient cet endroit à chaque concert, tandis
que des grappes de gosses, à cheval sur les
fenêtres et les balustrades, avaient investi le
pavillon, d'où l'on voyait pendre leurs jambes
minces et brunes.

Doc et Arjun, déjà installés, regardaient avec
amusement les tenues des élégantes qui rivali-
saient de somptuosité et d'inventivité, avec leurs
soieries chatoyantes et les gros bouquets odo-
rants fichés dans leurs chignons. Ils s'étaient res-
taurés à l'un des kiosques réservés aux mets
brahmaniques, aussi ne prêtaient-ils pas attention aux innombrables vendeurs de *cool drinks*,
graines salées, glaces et nougats. De l'autre rive
du lac parvenaient, assourdis, les jappements
lointains d'une bande de chiens errants, mis en
joie par les lumières et l'agitation inhabituelles.
Des canards, dérangés par le tintamarre, se ras-
semblaient en protestant, avant d'aller trouver
un autre refuge pour la nuit.

Depuis des heures, l'estrade flottante avait
été parée de guirlandes blanches et, sur le large
tapis, on apportait les instruments. On posa avec
respect la *sârangî* sur un magnifique chiffon
rouge et or, tandis qu'on installait de guingois
les tambours jumeaux, mâle et femelle, sur des
coussinets et qu'on les couvrait de petits bonnets
plats pour qu'ils n'aillent pas prendre froid. On
n'attendait plus que les deux vedettes. Zakir, tout

le monde l'aimait ici, comme partout. Et Ustad Sultan Khan, bien que natif de Jaipur, était considéré comme un enfant du pays à cause de son appartenance à l'une des plus fameuses écoles de musique, la *gharana* d'Indore, ville voisine de Bhopal.

Soudain les projecteurs s'allumèrent, déclenchant des applaudissements plus nourris qu'à l'ordinaire, car il y a des modes, et qui changent aussi, dans le domaine du spectacle. Un peu surpris, Doc regarda Arjun. Ils pensaient l'un comme l'autre que les applaudissements sont sacrilèges. On peut pardonner – encore que ce soit une nouveauté – ceux que déclenche l'apparition imminente d'un artiste. Mais, après un morceau parfait, et c'est là l'un des mystères de la grande musique, ce qu'il faut, c'est le silence. Ce n'est d'ailleurs pas un vrai silence, puisque les notes divines résonnent encore dans la mémoire auditive de chacun.

Tandis que les musiciens, qu'une petite barque venait d'amener sur l'estrade, s'asseyaient sur l'épais tapis, les gens parlaient encore sans se gêner. Sultan Khan prit son temps pour accorder son instrument. Il faut dire que la *sârangî* possède trente-neuf cordes, ce qui n'est tout de même pas rien. Doc entendit quelqu'un mentionner le *râga Dipaka* et un instant il s'imagina que Sultan Khan et Zakir Hussain, stimulés l'un par l'autre, allaient oser jouer ce *râga* considéré comme trop dangereux par l'intensité d'amour et d'union, à la fois charnels et spirituels, qu'il exprime. Un musicien célèbre n'avait-il pas dit en public que « les derniers à l'avoir joué avaient été victimes de terribles sensations de brûlure » ? Comme le ciel changeait à toute vitesse, on se demandait ici et là si le moment n'était pas déjà passé pour un *râga* du crépuscule.

Ce fut pourtant bien par un *râga* de fin du jour que les artistes commencèrent leur concert.

Ce *râga*, relativement peu connu, était l'un des favoris de Sultan Khan mais il ne le jouait que lorsqu'il se sentait vraiment habité par l'inspiration, à cause de l'atmosphère particulière que crée cette mélodie du soir. On s'accorde à reconnaître que le *râga Jait* exprime à merveille cette sensation poignante qui accompagne la disparition du jour et réveille la sensibilité liée au crépuscule en y ajoutant, selon l'interprétation, un sentiment de dévotion. Ce soir, Sultan Khan avait choisi l'interprétation la plus complexe, la plus évocatrice. Son toucher magistral, que certains critiques qualifient volontiers de « soyeux » mais qui sait allier la douceur à l'intensité, rendait parfaitement l'exaltation que donnent parfois les variations de lumière et le passage toujours mystérieux d'un univers à l'autre, diurne ou nocturne. Le ciel avait foncé imperceptiblement. Plus une trace de rose mais un indigo de plus en plus profond, perforé peu à peu de trous brillants.

Doc sentait qu'il allait vivre un moment exceptionnel. Tout concourait en effet à faire de cette soirée un enchantement. L'acoustique rendue parfaite par un ingénieux système de jarres empilées à des endroits appropriés ; le temps, exceptionnellement clément pour la région, de cette nuit de septembre ; l'art consommé des musiciens ; le choix subtil du *râga*. Doc s'abandonnait tout entier à son plaisir. Tout n'était plus que musique alentour : le son semblait se répercuter à la surface du lac et voguer au loin sur les vagues légères pour mieux revenir frapper la rive. Plaintif, il évoquait les tragédies qui avaient déchiré Bhopal au cours des siècles ; soudain lyrique, il incarnait l'esprit du lieu, celui, exaltant, de la Begum Shâh Jahân.

Le moment était venu du solo de *tablâ*. Zakir Hussain, percussionniste et accompagnateur inspiré, parti pour surprendre encore une fois son monde, toutes boucles au vent, l'air étonné ou malicieux, fit un numéro unique de virtuosité, de fougue et de science musicale. Si bien que Doc et Arjun, qui pourtant n'appréciaient pas habituellement ce genre de solo, ne purent que se laisser gagner. Puis le son langoureux de la *sârangî* vint enfin rejoindre le *tablâ*. Cette fois, c'était Sultan Khan qui faisait avec modestie l'accompagnateur. Sans cesse, il reprenait le refrain destiné à souligner le rythme orné à l'infini par Zakir qui improvisait mille variations à l'intérieur de cette ritournelle apparemment si simple. Rien ne sied tant au génie indien que l'improvisation. On aurait dit une broderie musicale : des milliers de petits points formant une immense dentelle sonore. Les deux musiciens atteignaient à une rare complicité. Leurs deux tempéraments, pourtant si différents, s'accordaient à ravir en leur passion commune. Instinct musical, plaisir partagé, vigueur, délicatesse et langueur, ils offraient au public un véritable tour de force, un instant dont la qualité était encore augmentée par la beauté du décor et la magie de l'heure.

Les torches se reflétaient vivement à la surface brillante du lac. L'air était saturé de senteurs. Doc perçut tout à coup un parfum de rose, un peu plus prononcé que les autres, qui lui évoqua aussitôt certain visage féminin. Les traits de ce visage s'imposèrent à lui, accompagnés de souvenirs, et il ne fit rien pour les chasser. Il remarqua cependant que ces évocations, pourtant agréables, suscitaient en lui une vague angoisse. Mais Doc était de nature sereine et équanime et l'impression fut très fugace. Rien, en fait, ne pouvait l'angoisser. Il constata avec plaisir que son ami Arjun était sous le charme des musiciens et, à nouveau, il se laissa subjuguer, allant jusqu'à oublier où il était.

Portée par la complexité, les nuances et la suavité de la mélodie, sa rêverie l'entraîna loin sur le lac. Il voguait, sensible à l'esprit de la Begum Shâh Jahân qu'il sentait partout autour de lui. Shâh Jahân, fille du *nawâb* de Bhopal et qui lui avait succédé. Begum généreuse, qui avait gratifié son royaume d'écoles et de dispensaires, et dont l'immense mosquée inachevée se dressait orgueilleusement quelque part dans la ville. Poétesse talentueuse, qui signait ses vers *Shirin* et

18

dont les portraits ornant quantité de monuments célébraient partout à Bhopal la beauté et la noblesse. Le visage suscité tout à l'heure par le violent parfum de rose vint soudain se superposer dans l'imagination de Doc à celui de la Begum, puis disparut en laissant une sorte de flou, qui ne reflétait plus aucune ressemblance avec l'une ou l'autre des deux femmes.

Les grands filets dressés autour de l'estrade figuraient des voiles de navire, et la musique fit à Doc l'effet d'une vague déferlante, qui l'emmenait toujours plus loin.

Suivit le *râga Chandra madhu*. Sultan Khan serrait son instrument contre lui, comme un enfant un peu raide. Il le berçait et ses traits plutôt rudes s'adoucissaient de tendresse et de plaisir. Les plaintes de la *sârangî* se transformèrent en gémissements pour finir en violents sanglots. Mais rien n'était fini car les sons se firent bientôt cris de triomphe et de joie, qui moururent peu à peu jusqu'à devenir un long murmure. On eût juré que Khan Sahib tirait de lui-même ces sons invraisemblables, tant il faisait corps avec l'instrument. Douleur et plaisir se mêlaient sur le visage des deux musiciens jusqu'au paroxysme. Ils auraient très bien pu mourir d'extase et si on avait alors coupé l'amarre qui retenait l'estrade ils auraient sûrement vogué sans s'en apercevoir vers le royaume des dieux.

Ils jouèrent ainsi toute la nuit et, à la fin de la nuit, ils avaient plus d'une fois atteint au sublime.

Chapitre 2

En ce temps-là, Sumitrâ n'était encore qu'une petite vendeuse de souvenirs sur la plage très touristique de Mahâbalipuram. Certes, avec son teint caramel, ses yeux à reflets dorés, ses cheveux ondulés sur les tempes et son corps souple et vif, elle était ravissante. Mais son charme évident ne suffisait pas à expliquer le succès de ses ventes. Sumitrâ était de loin la meilleure marchande du coin. Elle vendait même beaucoup plus de colliers, bracelets, bibe- lots et jouets faits de coquillages ou de corail que les commerçants ayant les boutiques les mieux placées. Non seulement les hommes, jeunes ou vieux, mais aussi les femmes et les enfants se précipitaient vers elle pour lui acheter ses colifi- chets et elle devait aller se réapprovisionner plu- sieurs fois par jour.

Ses collègues essayaient en vain d'imiter la tactique employée par Sumitrâ et malgré cela elles ne réussissaient jamais à vendre autant qu'elle. Elle avait le chic pour rester là sans rien faire, apparemment distraite et nonchalante.

Pourtant, elle avait l'œil à tout. Aussi, dès qu'on s'approchait de son petit étal portable, la trouvait-on disponible et toujours aimable. Tout le monde semblait prendre plaisir à lui acheter au moins une babiole. Certains se laissaient ruiner sans avoir l'air de s'en apercevoir, comme si les gens trouvaient naturel et même agréable de payer un peu plus cher les mêmes souvenirs que partout, mais présentés avec une grâce persuasive. Elle menait du reste les tractations avec une telle habileté que chacun repartait avec l'impression d'avoir fait la meilleure affaire possible. De plus, comme elle avait toujours le mot pour rire, même avec les rares clients qui lui résistaient, elle était toujours entourée. Elle riait facilement et découvrait alors de belles dents, bien blanches et bien épaisses, avec un petit espace entre les incisives supérieures, qui donnait à son sourire un attrait indéfinissable.

— Les dents de la chance ! Pas étonnant qu'elle vende plus que nous et nous mette sur la paille ! ne cessaient de s'écrier les autres filles, non sans une pointe de jalousie qui allait croissant avec le temps et les succès de Sumitrâ.

Celle-ci, de tempérament fort indépendant, refusait obstinément, parfois même avec une agressivité inattendue, les offres de marchands plus importants qui lui proposaient de travailler pour eux. Elle se faisait ainsi des ennemis auprès d'eux aussi, mais cela ne semblait pas l'émouvoir. On disait qu'elle repoussait avec la même obstination les avances que ne manquaient pas de lui faire bon nombre de galants. Pour bien des gens, Sumitrâ représentait une énigme. Mystérieuse et secrète, elle ne se livrait à personne malgré sa grande amabilité. On pensait qu'elle était née dans la région, peut-être entre Kânchîpuram et Mamallapuram, surnom local et familier de Mahâbalipuram, mais personne ne connaissait vraiment ses origines.

Tout ce qu'on savait d'elle, c'était qu'elle avait un jeune frère, qui venait quelquefois la voir, qui lui ressemblait assez, et dont elle était très fière parce qu'il allait à l'école et ne se mêlait pas aux gosses du village, et encore moins aux petits vendeurs de pacotille. On disait aussi qu'elle adorait le théâtre de rue et qu'elle savait par cœur des scènes entières du *Râmâyana*, et que pour rien au monde elle n'aurait manqué une représentation lorsqu'une troupe passait par là.

Puisque les langues ne pouvaient s'empêcher de débiter des ragots à tort et à travers, certains prétendaient qu'elle était revenue à Mamallapuram après avoir vécu « en ville » quelque temps. L'expression était pleine de sous-entendus, mais personne n'était capable de dire si c'était à Madras ou à Bombay que Sumitrâ avait vécu entre-temps, et ce n'était pas elle qui risquait de donner des renseignements sur son passé. Comme on n'osait pas la questionner, et bien qu'on ne connût absolument rien de précis à son sujet, quelques-uns, trouvant sans doute agréable de faire ainsi un peu de mal en passant et sans avoir l'air d'y toucher, s'amusaient à faire courir des bruits sur son séjour supposé dans le monde de la prostitution.

Sumitrâ avait une autre passion que le théâtre. Familière depuis l'enfance des sculptures et bas-reliefs ornant les grottes de Mahâbalipuram, qu'elle faisait alors visiter aux promeneurs pour quelques *paisa*, il lui arrivait encore d'y accompagner des touristes quand les guides étaient débordés. Car les visiteurs se pressent toujours plus nombreux vers ces cavités creusées dans le granit par les souverains Pallava, qui en firent autant de sanctuaires. Pour la gloire de ces rois venus du Nord, des artisans pleins d'invention avaient agrémenté les rochers de sculptures extravagantes, comme cette *Descente du Gange*, longue frise foisonnante d'éléphants énormes ou minuscules, que Sumitrâ aimait montrer.

Un jour, elle avait, à l'occasion d'une visite guidée, fait la connaissance d'un médecin de Madras venu là avec sa femme et ses deux enfants. Des gens charmants et distingués, des brahmanes à n'en pas douter. Ils lui avaient tout de suite plu et comme, avec le temps, elle avait appris pas mal de choses intéressantes sur le site, eux-mêmes avaient apprécié ses commentaires sur les divinités des grottes. Ils lui avaient même acheté, plus tard dans la journée, des quantités de coquillages. Vasantâ, l'épouse de celui qui se faisait appeler Doc, avait été la première à remarquer les dons de Sumitrâ.

— Quelle fille agréable et intelligente ! Elle est très savante sans en avoir l'air quand elle décrit les curiosités de l'endroit et ensuite elle arrive à placer toute sa marchandise sans faire le moindre racolage.

— En effet, c'est du grand art, lui avait répondu son époux avec bonne humeur.

Encore toute jeune, la femme était jolie, mais c'était l'homme qui avait impressionné Sumitrâ. Sa petite taille, son teint très brun, sa minceur et sa vivacité lui donnaient un aspect plaisant. Elle trouva même que ses yeux rieurs, pleins de profondeur et de malice, et sa chevelure mouvante le rendaient très séduisant. Il semblait cultivé sans pédanterie et n'arrêtait pas de plaisanter avec sa famille. Il émanait de lui une sérénité profonde qu'elle n'était pas près d'oublier. Un détail amusant, il ne cessait de jouer avec un grand parapluie fermé, qu'il tenait comme un bâton ou une épée, et faisait à tout bout de champ des moulinets, des feintes, des passes d'armes, en se fendant sur le sable avec souplesse.

Par la suite, Sumitrâ avait revu plusieurs fois ce Doc en compagnie de son ami Arjun. Tous deux – c'étaient en effet des brahmanes – allaient plusieurs fois par an à Kânchîpuram, ville sacrée à laquelle Mahâbalipuram servait, croit-on, de port dans l'Antiquité. Les deux amis s'y rendaient pour rencontrer d'autres brahmanes, des *Aiyangâr*. Jusqu'à mille d'entre ces *Aiyangâr* ont coutume de se réunir parfois dans le temple Ekambareshvara de Kânchîpuram pour réciter les *Veda* et Doc, ainsi qu'Arjun, qui connaissaient plusieurs des récitants, venaient leur rendre visite. A l'aller plutôt qu'au retour, car Doc était souvent chargé d'un paquet envoyé par Vasantâ, ils ne manquaient pas de passer prendre des nouvelles de Sumitrâ et lui achetaient alors quelque brimborion pour les enfants ou les voisins.

Ce qui paraissait curieux à Sumitrâ, à la réflexion, c'était la sympathie qu'elle avait éprouvée d'emblée pour ces brahmanes, alors qu'elle avait été élevée dans une atmosphère résolument antibrahmanique. Ses parents, adorateurs fanatiques de Murugan, divinité indigène de basse caste, héros dravidien opposé aux dieux aryens des envahisseurs et à leurs descendants les brahmanes, adhéraient de toute leur ignorance aux thèses nationalistes les plus stupides. Ils condamnaient sans la connaître la culture indienne du Nord, ainsi que la domination des brahmanes. Ils n'exigeaient rien de moins que leur expulsion du Tamilnâdu et la création d'un Drâvidanâdu indépendant. Sumitrâ se les rappelait chantant à tue-tête le fameux *Pattuppâttu* à la gloire de Murugan, le dieu du peuple, et de ses attributs : un cobra, un paon et une lance dansante, mue en permanence par l'ardeur jamais assouvie d'exterminer les brahmanes.

Elle entendait encore leurs discussions sans fin sur l'épineux problème du *Râmâyana*. Une version tamile populaire, très appréciée, inverse en effet les rôles des héros de l'épopée : les méchants, les démons, habituellement identifiés aux Dravidiens, y sont considérés comme bons. Râma et Sîtâ sont donc méprisés et leur ennemi Râvana est encensé. Du fait de cette interprétation, le petit peuple du Sud se déprend parfois de Râma et se met à adorer Râvana. On peut passer des nuits à en parler.

Lorsqu'elle pensait à ses nouvelles connaissances, Sumitrâ revoyait Arjun se servant de son parapluie pour se protéger, comme tout le monde, de la pluie ou du soleil – ce parapluie d'un beau bleu délavé qu'il disait venu de Bénarès. Seul Doc continuait par n'importe quel temps à brandir le sien fermé et à prendre avec toutes sortes d'attitudes martiales qui amusaient beaucoup Sumitrâ quand elle l'apercevait au loin. Tous deux lui avaient raconté un jour des tas d'anecdotes incroyables sur leurs amis brahmanes ou leur voyage en voiture à travers la jungle – la guimbarde de Doc valait le coup d'œil – pour venir de Madras jusqu'à Kânchî. Comme si, au lieu d'avoir parcouru soixante kilomètres sur une route normale, ils avaient dû rouler deux jours dans l'inconnu, lui décrivant les arbres, les lianes, les singes, les perroquets ou encore les crocodiles de la réserve toute proche comme autant de prodiges. Sumitrâ n'avait pas su ce qu'elle devait croire, mais elle avait trouvé leur récit passionnant et y repensait souvent.

Il arriva ensuite que Doc vînt seul à Mamallapuram ou, comme on dit aussi, Mavallipuram. Parfois il passait la saluer. Anecdotiques pour Doc, ces rencontres prirent peu à peu de

l'importance dans la vie de Sumitrâ, qui considérait cette relation comme une bénédiction.
Une bénédiction qui se concrétisa le jour où elle
osa confier à Doc ses soucis à propos de Lakshman, son petit frère. Celui-ci, qui jusque-là avait
toujours été docile et bon élève, s'était mis à
faire des frasques et ne travaillait plus du tout en
classe. Sumitrâ semblait redouter plus que tout
pour lui les mauvaises fréquentations. Comme
si elle savait de quoi elle parlait et voulait à tout
prix sauver son frère d'un engrenage dangereux.
Doc ne lui posa jamais aucune question.

Il examina le jeune Lakshman, un gosse ado-
rable, aux traits gracieux qui rappelaient ceux de
sa sœur. Il ne fut pas long à comprendre qu'un
simple dérèglement hypophysaire était à l'origine des troubles du garçon. Ce n'était pas la
première fois que Doc, dont l'expérience médicale commençait à être assez longue, avait l'occasion de constater que la délinquance juvénile
pouvait être liée en partie à un dérèglement hor-
monal. Des analyses vinrent bientôt confirmer le
diagnostic. C'étaient d'ailleurs l'acuité et la
promptitude de son diagnostic qui avaient fait la
réputation de celui que tout le monde, patients
ou autres, appelait Doc, sans même savoir, ou
sans plus se rappeler, son véritable nom. Ce qui
achevait de le rendre populaire, c'était qu'il
n'acceptait d'honoraires qu'une fois le malade
remis.

Quoi qu'il en soit, dans le cas présent, Doc
entreprit de soigner Lakshman. Il proposa de le

prendre quelque temps chez lui, à Madras, ce que Sumitrâ accepta avec reconnaissance, mais sans arriver à croire à cette aubaine.

— Comment pouvez-vous vous intéresser à nous, qui ne sommes rien ?

— Ne dites pas cela, cela n'a aucun sens. Ne savez-vous pas que la soie vient des vers, l'or des pierres et le lotus de la boue ?

Une citation, vraisemblablement. Elle l'avait senti au ton qu'il avait employé.

C'est ainsi que Lakshman fut sauvé d'un sort peu enviable et devint un jeune homme plein d'avenir. Inutile de décrire ses sentiments pour Doc et sa famille, chez qui il avait passé près d'un an, la plus belle année de sa courte vie, et auxquels il était immensément attaché.

Bien entendu, Doc ne s'était résolu à emmener Lakshman qu'avec l'accord de ses parents. Sumitrâ avait rougi sous son hâle caramel et déclaré que son consentement de sœur aînée suffisait. Mais Doc était parti avec Arjun pour Tirukalikunram, le village familial de ses protégés, connu pour son temple à Shiva perché sur un haut rocher. Celui qui veut assister au repas des aigles blancs, représentant les âmes des dévots, doit gravir cinq cents marches et peut découvrir, une fois arrivé sur la « place sacrée des aigles », une vue imprenable sur la vaste plaine de Mahâbalipuram.

Alors que de la plupart des villages situés en bordure de la jungle se dégage un certain charme, le quartier habité par les parents de

Sumitrâ était minable. Des huttes au toit de palmes déchiqueté, des flaques nauséabondes, des gosses en guenilles, des haut-parleurs déversant une musique nasillarde – pour compenser, probablement, l'absence d'électricité individuelle, dont sont encore privés, ainsi que d'eau courante, les trois quarts au moins des campagnes –, des rires gras sur le passage des deux brahmanes. Même les images criardes de Murugan à cheval sur son paon n'arrivaient pas à égayer cette rue maudite. C'était bien le quartier réservé aux adorateurs du dieu dravidien qui ne savent que cracher sur les pas de ces salauds de brahmanes, et les deux amis étaient loin de se sentir à l'aise. Doc tenait son parapluie comme une canne de combat, prêt à parer toute attaque éventuelle, et Arjun se réjouissait d'être en compagnie d'un as des arts martiaux. D'ailleurs, ils ne furent pas reçus par les parents. Un oncle de Sumitrâ, vieil ivrogne crasseux aux yeux injectés de sang et aux dents noircies par une chique de tabac, vint leur dire en n'oubliant pas de tendre vers eux une paume quémandeuse, qu'ils étaient autorisés à emmener Lakshman à Madras. Dès qu'il eut obtenu de quoi racheter des chiques, il jeta à terre son paquet vide de tabac à priser de la marque Sugandhsagar qui s'écrasa dans le caniveau fétide. « Océan de parfums », les mots seyaient mal à la puanteur du cloaque. Puis il disparut dans un relent de tord-boyaux en contournant l'unique voiture stationnée dans la rue défoncée. Doc remarqua que la vieille Morris, immatriculée à Madras, perdait pas mal d'huile. Elle avait attiré son regard parce qu'il n'y en avait pas d'autre à cet endroit et parce que la carrosserie grossièrement rafistolée était pleine de raccords très visibles. Un journal froissé, *We Tamils,* le plus farouchement nationaliste de tous, recouvrait le tableau de bord.

Dans l'avion qui les ramenait de Bhopal à Madras, Doc s'était assoupi. Vasantâ leur avait télégraphié de rentrer au plus vite et Arjun avait tout arrangé pour un retour rapide. Assis calmement, il regardait son ami qui, contrairement à son habitude, semblait avoir un sommeil agité. Doc tendit la main comme s'il voulait atteindre quelqu'un ou quelque chose hors de sa portée. Arjun comprit qu'il cherchait son parapluie et que, sûrement, il en avait besoin dans son rêve ou plutôt dans son cauchemar. Les deux hommes se connaissaient bien. Amis depuis la faculté de médecine, liés par une infinie complicité, des goûts et des intérêts communs, ils ne se quittaient guère.

Ils travaillaient même ensemble car, depuis quelques mois, Doc avait rejoint Arjun dans son laboratoire de recherche. En effet, Arjun, bien que médecin, n'exerçait pas. Il étudiait les plantes et leurs propriétés curatives et mettait au point toutes sortes de remèdes selon les méthodes de l'*âyurveda*, la « science de longue vie » dont il était spécialiste. Il consacrait ses recherches actuelles à l'*echinacea*, sorte d'anti-biotique végétal. Doc, qui avait aussi appris dans sa jeunesse cette science médicale traditionnelle mais avait exercé longtemps la médecine allopathique, y revenait maintenant. Il s'adonnait, lui, à l'étude des manuscrits sanskrits d'*âyurveda*. Seuls s'en plaignaient ceux de ses patients qu'il envoyait à des collègues faute de temps et Vasantâ qui, sans exprimer ses raisons, voyait mieux son époux en médecin de quartier qu'en chercheur scientifique.

On l'aura compris, Arjun et Doc n'étaient pas seulement des amateurs de musique, assez fous pour entreprendre le voyage de Madras à Bhopal pour une *Sârangî melâ* de trois jours.

— Je sombrais dans le lac tout en essayant de sauver la Begum qui se noyait.

Malgré l'air climatisé de la cabine, une légère transpiration recouvrait le front de Doc qui venait de s'éveiller en sursaut.

— J'ai réussi à la soulever mais, en la retournant, j'ai vu avec horreur que son visage était tout blanc, sans yeux ni bouche. Comme si ses traits avaient été effacés. Ce n'était pas beau à...

Doc éclata de rire, autant pour chasser cette vision que pour montrer à Arjun qu'il était conscient de l'absurdité de son rêve.

Arjun rit aussi mais son grand front restait grave. Il savait que le télégramme envoyé par Vasantâ avait inquiété Doc et que celui-ci allait certainement au-devant de complications. Mais il s'interdisait de juger les actions de Doc et se contentait d'être à son côté en toute circonstance. Repoussant d'un coup de tête la mèche rebelle qui lui retombait sans cesse sur les yeux, Arjun regarda Doc avec amitié. Celui-ci réfléchissait, les yeux fixés sur les nuages, au-delà du hublot. Une hôtesse en sari vert perruche redressa en passant le parapluie de Doc et voulut le ranger ailleurs, mais elle n'en eut pas le temps car Doc s'en était saisi et ne le lâchait plus.

C'est que ce précieux parapluie lui servait plus de canne de combat que d'abri contre les intempéries et il s'en séparait rarement. En effet, Doc pratiquait depuis l'enfance un art martial de la côte Ouest, le *kalaripayatt*, pour lequel il avait conçu une véritable passion. Il y excellait parce qu'il y avait été initié au Kerala même par des amis de son père, appartenant à la secte très fermée des brahmanes-médecins *Nambudirî*. C'était en somme son admiration pour eux qui avait décidé de sa double vocation, médicale et martiale. Il cultivait sans cesse sa souplesse et s'entraînait quasiment chaque jour à l'art du « sabre et du bâton », et sa science du combat l'avait tiré de plus d'un mauvais pas. A l'origine, cette variété de combat était enseignée surtout à des étudiants en médecine, à cause de la connaissance parfaite de l'anatomie qu'elle exige. Et aussi parce que tout combattant doit pouvoir immédiatement apporter le remède au moindre dommage causé par ses coups.

Doc garda donc son parapluie à portée de main et quand Arjun esquissa vers lui une légère

estocade, il para aussitôt avec une rapidité fulgurante. Ce qui les amusa comme chaque fois.
L'humeur était redevenue joyeuse et Arjun se dit
qu'il avait tort de s'en faire pour Doc. Il se tirait
toujours de toutes les situations car il trouvait
des ressources inépuisables dans les *shâstra* et la
philosophie que son père lui avait inculqués, suivant la tradition, à la dure. Pourtant le télégramme qui avait causé leur retour précipité
inquiétait Arjun. Il se demanda si son amitié
pour Doc lui permettait de lui déconseiller de se
mêler de cette affaire. Il se demanda si cette fois
Doc suivrait ses conseils. Il décida finalement de
ne donner son avis que si Doc le lui demandait.

Chapitre 3

Sumitrâ contemplait le sable à ses pieds.
C'était sur ce sable, peut-être même à cet endroit
précis, près du bouquet de palmiers nains, qu'il
avait un jour dessiné ce magnifique éléphant, du
bout de son parapluie. Elle revoyait le dessin, un
gros éléphant caparaçonné portant, en guise de
palanquin, une ville entière sur son dos. Les toits
des maisons, les terrasses, les murs des jardins,
les temples, les coupoles, les cocotiers, tout y
était. Tandis qu'elle s'émerveillait, il avait eu un
rire léger. Elle avait compris alors qu'il la prenait
pour une enfant. Bien qu'elle fût tout à fait
consciente du charme, voire même de la sensua-
lité qu'elle dégageait, elle avait l'impression
qu'il ne la considérait pas comme une femme.
Elle voyait bien qu'il appréciait sa beauté – il ne
cachait pas ses regards admiratifs – mais il
regardait absolument tout ce qui lui paraissait
beau de la même manière, directe et simple.
Jamais elle n'avait perçu chez Doc la moindre
gêne, pas plus que le moindre désir, elle devait
bien se l'avouer.

Comme il la remerciait ce jour-là d'un cadeau qu'elle envoyait à Vasantâ, elle avait dit timidement :

— Ce n'est rien. Ne me remerciez pas, vous me mettez mal à l'aise après ce que vous faites tous les deux pour nous.

Du tac au tac, il avait répondu :

— Le nuage ne donne que de l'eau, et pourtant tout le monde lui en est reconnaissant.

Mais, cette fois, elle savait que cette phrase venait du *Panchatantra*, un des livres favoris de Doc, et qu'il citait souvent.

Cet homme, qui ne lui était rien, avait sans le savoir bouleversé son univers. Un univers dans lequel il aurait dû, normalement, n'avoir aucune place. Lui, un brahmane, un savant, un érudit. Un « deux fois né », comme ceux de l'espèce des *dvijâti* aiment à se désigner eux-mêmes, puisque l'on considère la prise du cordon sacré comme une seconde naissance. *Dvijâti*, comme l'oiseau, qui naît une première fois sous la forme d'un œuf ; comme la dent, qui tombe et se renouvelle. Même épisodique, la fréquentation de ce brahmane la troublait infiniment. Petite, elle avait appris à détester cette caste, sans avoir jamais l'occasion d'en approcher les membres ailleurs que dans les temples. Dans leur village, le quartier habité par les brahmanes était situé à l'écart, et cet éloignement relatif se trouvait encore renforcé par un usage d'évitement respecté de part et d'autre. Le temps passant, la haine inculquée s'était muée en indifférence : chacun sa caste et pas d'histoires. Chacun ses goûts et son karma. Comme vendeuse de souvenirs, elle faisait affaire avec des gens de toutes castes et elle n'en était pas morte. Mais de là à trouver un brahmane séduisant ! Un autre détail qui tracassait Sumitrâ, c'était l'incohérence de ses parents qui haïssaient tant les brahmanes et avaient refusé de rencontrer Doc, mais qui lui avaient confié leur fils.

Elle se rappelait qu'elle avait eu les larmes aux yeux quand une vague avait à demi effacé l'éléphant et sa ville dessinés par Doc sur le sable. Puis l'océan avait grondé, les vagues avaient forci et, comme ils s'étaient remis à marcher tout au bord, une vague plus puissante que les autres les avait séparés. Elle était restée en arrière et lui s'était retourné avec sa prestesse habituelle, pour voir ce qu'elle faisait et pour prendre congé d'elle car il était, comme toujours, pressé de repartir. Ce qui prouvait bien qu'elle ne lui était rien.

Si Doc avait sauvé Lakshman, pourquoi, après tout, ne l'aiderait-il pas elle aussi ? Tout en se faisant ces réflexions, Sumitrâ se retrouva à l'entrée de l'une des grottes qu'elle connaissait bien. Il n'y avait encore personne à cette heure matinale et elle se sentait vraiment chez elle, nymphe d'un instant parmi les nymphes célestes qui, selon les légendes, peuplent cryptes et cavernes.

« Qu'est-ce que je raconte ? Je deviens vraiment folle. Il ne va pas m'aider en quoi que ce soit. Il ignore absolument tout ce que je fais, à part vendre cette camelote… »

Elle interrompit la phrase qu'elle venait de murmurer. Elle n'aimait pas le mot « camelote », qui lui rappelait quelque chose de déplaisant. Elle se passa la main sur le front, comme pour remettre de l'ordre dans ses pensées. Bien entendu, Doc ignorait tout de ses activités, du moins de celles qui lui tenaient à cœur. Mais sa fréquentation l'animait d'une telle force qu'elle pouvait dire sans exagérer qu'il allait l'aider à poursuivre le but qu'elle s'était fixé. Lutter sans relâche contre l'exploitation des enfants – ah ! la vue de ces fillettes de trois ans employées dans une fabrique d'allumettes pas si loin d'ici ! Dénoncer à tout propos la prostitution des enfants et l'engrenage fatal de la drogue. Un grain de sable dans les rouages, diraient certains. Peut-être, mais tout dépend de la quantité de ces grains de sable… Qui aurait pu croire qu'elle jouerait un jour un rôle dans ce combat et qu'il y aurait un espoir, même ténu, de le remporter ? Sumitrâ fronça les sourcils : le mot « camelote » ne venait-il pas de « came » ? Ou plutôt l'inverse. En tout cas, il ne lui plaisait pas.

Ce tout nouveau projet qu'elle avait depuis peu, il lui faudrait un jour en parler à Doc, mais il ne venait pas assez souvent et il était encore trop tôt. Pour le moment, elle devait rester la petite marchande, qui savait si bien vendre ses coquillages qu'elle avait fini par ouvrir sa propre boutique. Non, lui, il ne fallait pas le tracasser avec des détails triviaux. Il fallait le garder pour les meilleurs moments. Il représentait la récréation.

Elle s'était arrêtée à l'entrée de la grotte et la trace d'un feu de brindilles sur le sable lui évoqua le jour où il était arrivé à cet endroit, après s'être exercé un moment sur la plage au *kalari*. Elle était occupée à se sécher les cheveux en les secouant au soleil. Plusieurs bâtonnets d'encens à la rose brûlaient dans un brasero improvisé, et elle se penchait en avant pour parfumer sa chevelure. Il avait dû rester quelque temps à la regarder en silence et à humer les effluves de rose.

— Quel est ce parfum ?

— *Five Roses. Panch gulâb.*

— Un peu entêtant, mais cela doit donner une bonne odeur aux cheveux.

Il avait parlé d'un ton léger et, sans s'approcher davantage, il avait tracé sur le sable du bout de son éternel parapluie des caractères sanskrits : *panch gulâb*, avait-il commenté avant de repartir si vite qu'elle avait cru avoir rêvé. Ecrire sur le sol, certains y voient un signe avéré de folie, mais lui, qui oserait le taxer de folie ? Par la suite, il l'avait à nouveau appelée *Panchgulâb* devant son frère, et le surnom lui était resté.

Lui, c'étaient les bons souvenirs. Mais les mauvais, il y en avait aussi une quantité effarante. Les maquereaux, les trafiquants. Ses parents. Et pourtant eux n'y étaient pas pour grand-chose, si faibles, si ignorants. Incultes mais pas tellement innocents finalement, si on y pensait bien.

« Avec ce qu'elle nous coûte ! » Son père ne manquait jamais une occasion de répéter cette phrase. Il disait aussi : « Elle nous gêne, tu ne trouves pas ? » C'est qu'avant la naissance de Sumitrâ ses parents formaient un beau couple d'amoureux totalement narcissiques et obsédés l'un par l'autre. Ils n'éprouvaient nul besoin d'enfant et s'ils avaient fini par désirer un fils, c'était parce que les filles partent dans la famille du mari, en emportant leur dot, alors que les fils ramènent chez leur père une épouse et sa dot. Ils présentent aussi l'avantage d'assurer le culte des ancêtres et des morts, indispensable pour garantir une vie décente dans l'au-delà. Une bonne affaire, en somme. Mais c'était Sumitrâ qui leur était née en premier et leur vie s'en était trouvée assombrie. Le père avait redouté de perdre l'amour exclusif de sa jeune femme et celle-ci, à mesure que la fillette grandissait, avait éprouvé une jalousie morbide. « On n'aura pas les moyens de te marier, alors, il faudra bien que tu te débrouilles. » Elle n'avait jamais rien entendu d'autre que ce genre de douceurs. Ils avaient préféré la voir partir, à la suite d'une partie de dés qui avait mal fini, et elle devait considérer comme une chance de n'avoir pas été consacrée par eux à la déesse de la variole, aimée de la plupart des femmes puisqu'elle a le pouvoir d'éloigner de leurs enfants la terrible maladie et aussi parce que, le jour de sa fête, on ne cuisine pas, mais tellement redoutée de celles qui lui sont sacrifiées. Assurément, elle pouvait s'estimer heureuse de n'avoir pas été ainsi condamnée, comme bien des malheureuses, à rester pour toujours dans un temple comme prostituée. Car c'était bien le sort de ces filles, qui n'avaient ensuite d'autre ressource que de donner à leur tour leurs propres filles à l'exigeante divinité, les livrant par là aux convoitises masculines.

Quitter ses parents n'avait d'ailleurs pas été bien difficile. C'était plutôt d'être arrachée à son ami d'enfance, Dîlip, qui lui avait brisé le cœur, ce cœur qu'elle lui avait depuis toujours promis. Mais leurs larmes n'avaient ému personne. A son retour, longtemps après, elle n'avait été accueillie avec effusion que par son petit frère et son ancien soupirant, mais Dîlip avait mal tourné entre-temps. Il avait même tenté d'entraîner Lakshman et cela, elle ne pourrait jamais le lui pardonner.

A quoi servait de ressasser tous ces souvenirs ? C'était loin maintenant et elle était devenue une femme d'action. Elle sourit. Pouvait-on vraiment dire cela d'elle ? Pourquoi pas, après tout ?

Elle se rappelait cette drôle de conversation, qu'elle avait elle-même provoquée.

— Cette amie du Kerala, savez-vous ce qu'elle m'a appris ? Là-bas, malgré la pauvreté, on aurait presque réussi à éliminer le travail des enfants. Et les femmes, y compris les veuves frustrées ailleurs, jouissent de plus de droits que dans les autres Etats. Si c'est possible au Kerala, pourquoi pas ici et dans toute l'Inde ?

Le regard étonné – qu'elle s'intéressât à ces sujets – puis pensif, il avait paru réfléchir à la gravité du problème avant de répondre.

— Le Kerala est une région étonnante. C'est aussi l'Etat le plus alphabétisé du pays. Savez-vous que j'y ai passé beaucoup de temps dans mon enfance, chez des amis de mon père ? Ce sont eux qui m'ont donné l'envie de devenir médecin et qui m'ont appris l'art du sabre et du bâton.

Comme pour illustrer ses paroles, il avait exécuté une série éblouissante de moulinets, de fentes et de feintes avec son parapluie fermé. Quel bretteur superbe !

Tout en admirant sa souplesse et sa virtuosité, elle avait pensé : « N'est-ce pas curieux que le Kerala nous ait inspirés tous les deux, chacun à sa manière ? » Elle aurait voulu y voir un signe. Quelque chose qui les rapprocherait, comme deux amis. Amis ? Quelle idée ! Elle ne devait même pas y songer. Leur relation était indéfinissable et devait le rester. C'était l'existence même de cette relation qui lui importait. Et puis, cela passerait : on se rencontre, on se perd. Elle en savait quelque chose. Ces réflexions ne l'avaient même pas attristée. On se rencontre, on se perd et c'est bien ainsi.

En poursuivant sa promenade, elle laissa là ses réflexions. Le spectacle des touristes étrangers sur la plage avait de quoi l'en distraire. Attirés par la prochaine fête des chars, ils étaient assez nombreux. Une majorité de jeunes qui flirtaient au soleil sans retenue et bronzaient vêtus de maillots minuscules. L'un d'eux, sortant de l'eau, éclaboussa une femme en sari qui pataugeait sur le bord. Ses formes rebondies apparurent alors à travers le tissu mouillé plaqué sur son corps. D'autres porteuses de sari s'enfuirent aussitôt avec des rires effarouchés.

Sumitrâ aperçut une silhouette bizarre qui lui fit l'effet d'une statue vivante. Non, la statue ne bougeait pas, mais ses vêtements flottaient au vent. En s'approchant, elle reconnut l'attirail du dieu Murugan, agrémenté d'autres attributs. Cet aspect composite n'était pas pour déplaire aux Indiens, qui se pressaient en cercle curieux autour de la nouvelle divinité. Quand on lui donnait quelques *paisa*, la statue penchait le buste en avant, comme dans la légende où la statue de Shiva incline la tête à chacune des offrandes de sa dévote la plus fervente, Tadagai. Deux promeneurs s'éloignèrent en concluant avec le plus grand sérieux que ce n'était pas une divinité véritable puisque ses yeux cillaient et n'étaient pas lumineux comme ceux des vrais dieux.

C'est à ce moment-là que Sumitrâ avisa deux étrangers qui venaient à sa rencontre. Un Français vivant à Pondichéry et un Américain fou de surf. Les deux garçons ne manquaient jamais de lui faire un brin de cour à l'occasion.

— On ira ensemble au défilé des chars, Sumi ?

C'était Brian, l'Américain, roux et athlétique, qui l'avait ainsi interpellée. Plus discret, Paul se contentait de la dévorer des yeux. Elle leur sourit en regardant les effets du soleil sur la peau à vif de Brian. D'ordinaire, tous les Blancs lui paraissaient identiques au point qu'elle n'arrivait pas toujours à les distinguer les uns des autres, mais ces deux-là, elle les reconnaissait sans mal et elle les aimait bien. Elle irait volontiers à la fête des chars avec eux.

Doc conduisait plus vite qu'à son habitude. La vieille Ambassador se comportait bravement, mais il lui arrivait de gémir sous l'effort. Il ralentissait alors et regardait la jungle. La luxuriance des arbres et des lianes l'enchantait moins aujourd'hui. Il n'y voyait qu'un entrelacement de verdure un peu étouffant. Entraîné à l'équanimité par l'étude de la philosophie, il n'était pas homme à s'émouvoir facilement. La mort, il l'avait bien des fois côtoyée dans son métier. Epidémies de choléra, vaccinations de masse dans les temples, cadavres empilés aux carrefours.

Tout récemment encore, on l'avait envoyé en Orissâ quand un cyclone dévastateur avait ravagé cette partie de la côte Est. Dix mille morts et vingt millions de sans-abri. Comment oublier, lors de l'arrivée en hélicoptère au port de Paradip, la vision qu'offraient arbres déracinés, toits arrachés, enseignes envolées, fils électriques enchevêtrés, rails de chemin de fer dressés à la verticale ? Il avait encore devant les yeux les bulldozers déblayant des corps d'hommes et d'animaux entremêlés, raidis dans leur armure de boue, et ces enfants rescapés qui tentaient de faire sécher un livre ou un cahier. Toutes ces rizières dévastées, ces huttes en terre, ces monticules de grains engloutis sous les eaux et tous ces morts, partout. Les morgues pleines et les cadavres stockés dans des camions frigorifiques qui venaient à manquer. Encore plus nombreux, les corps sans vie dans les décombres, les ornières, les caniveaux, sans parler des disparus que les eaux démesurément gonflées du Mahânâdi avaient emportés jusqu'au golfe du Bengale. Et les survivants qu'il fallait vacciner d'urgence, en files interminables, jusqu'à en chanceler d'épuisement.

Séismes, corps broyés pétris de poussière. Cyclones, ventres gonflés des noyés.

Ce dernier mot retint un instant le cours de ses pensées. Son œil s'attarda sur le papillon qu'il essayait d'éviter depuis un moment et qui venait de s'écraser sur le pare-brise en une bouillie jaune et rouge.

CROCODILE TANK

Il ralentit et laissa son regard errer sur les barrières de la réserve et les affiches, visibles de la route. Il y avait amené ses enfants un jour où Sumitrâ allait avec eux à Madras pour voir son frère. Inertes au milieu des lotus et des jacinthes d'eau, les yeux clos, les caïmans ressemblaient à des bûches flottantes. Il les revoyait nettement, ainsi que la fascination de ses trois compagnons. Sumitrâ avait frémi lorsqu'un visiteur, apparemment sous l'effet du vin de palme, avait titubé et manqué tomber à l'eau, mais elle avait paru plus dégoûtée qu'effrayée, car les ivrognes ne semblaient lui inspirer aucune pitié. Apparemment, elle supportait mal le spectacle d'un homme ayant abusé de *toddy*. Rien d'étonnant à cela, si on en jugeait par les relents d'alcool qui empestaient le quartier de son enfance et par l'état d'ébriété permanente de son oncle, ce grand amateur de casse-pattes.

— Tu vas devoir enquêter, bien sûr ? lui avait demandé Vasantâ en l'accompagnant jusqu'à la porte du jardin tout à l'heure.

Mais elle n'avait pas attendu la réponse. Pour elle, cela semblait aller de soi, et comme elle avait du chagrin, elle n'avait pas mis dans sa question la malice habituelle. Le hasard avait déjà placé Doc dans des situations où ses méthodes de déduction lui avaient permis de dénouer quelques énigmes policières. Mais, cette fois, il n'avait aucunement l'intention de jouer au détective. Il se rendait à Mahâbalipuram uniquement pour rejoindre Lakshman, le frère de Sumitrâ qui l'avait fait avertir de l'accident. Et pour assister à la cérémonie funèbre. C'était bien suffisant.

Cependant l'idée que Sumitrâ s'était noyée le tracassait. Cette fille, comme tous les gosses de l'endroit, savait nager depuis qu'elle savait marcher. Sûrement même avant.

La fille qu'il avait devant lui ne nagerait plus jamais. Son teint avait perdu sa couleur ambrée et son éclat, surtout si on le comparait à celui de Lakshman, debout de l'autre côté de la planche. Autrement, malgré les dommages infligés par l'eau de mer, elle ressemblait assez à une Sumitrâ légèrement vieillie. Il manquait cependant quelque chose.

« La vie probablement », se dit Doc en entendant des pas derrière eux. « Oui, *prâna,* le souffle vital. » Elle avait aussi quelque chose en plus : à son gros orteil, un peu fripé, était nouée une étiquette portant le numéro 33, des initiales et une date.

C'était Sharma qui arrivait, le médecin légiste, un homme jovial et rondouillard qu'on se serait plutôt attendu à rencontrer derrière un comptoir de plats cuisinés. En l'observant de plus près, Doc perçut chez lui un tiraillement constant des muscles des paupières, qui trahissait peut-être quelque douleur cachée ou simplement une grande fatigue. Après les salutations d'usage, il demanda :

— Noyée, docteur, comment expliquez-vous cela ?

Avant de répondre, le docteur Sharma chassa d'un geste las une petite fille à demi nue arrêtée sur le seuil. Les yeux arrondis de curiosité, l'enfant contemplait la morte tout en suçant de bon cœur un *gulfi* vert dégoulinant. Doc la regarda distraitement en se tiraillant une oreille. La vie, cette fillette éveillée, dodue, luisante et toute noire, en avait, elle, à revendre. Mais il ne fallait en effet pas la laisser traîner dans pareil endroit. Tout en suivant des yeux les petites fesses brunes et grasses qui s'éloignaient et les traces de glace à la menthe que les minuscules pieds nus avaient étalées partout, Doc attendait la réponse de Sharma.

— Elle s'est noyée parce qu'elle était sous l'emprise d'une drogue qui l'a privée de ses réflexes et empêchée de réagir normalement dans l'eau.

Derrière un rideau, un couple sanglotait bruyamment. Soudain, la femme cria :

— Ce n'est pas lui !

— Tu sais bien que si, répondit l'homme avec douceur.

— Non ! Ce n'est pas lui ! Ce n'est pas possible !

— Calme-toi. Non, ce n'est pas lui, tu as raison. Calme-toi…

L'homme pleurait lui aussi tout fort et Doc ferma les yeux. L'odeur de désinfectant lui parut tout à coup excessive et le bruit d'un robinet mal fermé lui martelait les nerfs. Il réagit avec une violence inaccoutumée.

— Une drogue ? Quel genre de drogue ? Que voulez-vous dire ?

Le ton de sa voix fit sursauter Lakshman qui regardait une dernière fois sa sœur au moment où un employé remontait le drap sur son visage. Il venait de comprendre avec désespoir que, dans la contrée inconnue où Sumitrâ s'en était allée, personne ne pourrait jamais la retrouver et sa propre jeunesse lui semblait brisée.

Les trois hommes quittèrent la morgue ensemble et l'employé les suivit précipitamment jusqu'au seuil pour allumer une cigarette dont il inhala la première bouffée avec une hâte fébrile. Tout en marchant, Doc réfléchissait en silence. Il aurait bien aimé se dérouiller un peu en portant quelque estocade à l'ennemi invisible, mais à coup sûr présent, qui rôdait autour d'eux, mais l'endroit ne s'y prêtait pas. Soudain, il vint se placer devant le médecin légiste, qui trébucha. Surpris, Sharma le regarda d'un air légèrement offensé. Personne n'aime trébucher, c'est de mauvais augure. Sa paupière gauche tressaillit violemment.

— Je vous ai posé une question ! Pourquoi ne répondez-vous pas ?

Lakshman, qui avait vécu près d'un an chez Doc sans l'avoir jamais vu agressif, posa la main sur le bras de son protecteur. Aussitôt Doc leur fit à tous les deux un sourire si chaleureux et si sincère que Sharma se détendit. Qui pouvait résister au sourire désarmant de Doc ?

— Je vous connais de réputation, Doc, et je n'ignore pas ce que vous avez fait pour Laksh-man et sa sœur...

Ici Sharma s'arrêta et considéra Doc d'un œil curieux. Celui-ci crut comprendre que le médecin légiste se posait peut-être des questions sur l'intérêt qu'il portait à ces deux êtres. Mais l'hésitation de Sharma ne dura pas et il reprit :

— Pourtant, tout à l'heure je me demandais si j'avais le droit de vous communiquer des renseignements que seule la police connaît jusqu'à présent. Voilà pourquoi je n'étais pas très enclin à vous répondre. Pour tout vous dire, et je pense que l'inspecteur Prasad, qui est assez compréhensif, ne m'en voudra pas, cette petite est morte noyée après avoir absorbé un drôle de mélange : une pointe d'aspirine, un soupçon d'héroïne, une ou deux doses d'amphétamines, le tout dans un zeste d'alcool additionné d'un jet de boisson gazeuse du genre Coca-cola ou Pepsi.

Le visage du médecin légiste exprima une souffrance fugitive et Lakshman détourna les yeux pour qu'on ne vît pas ses larmes. Comme Doc ne réagissait pas, Sharma poursuivit :

— C'est un cocktail dont la formule peut varier, appelé « nirvâna » par les habitués parce qu'il les fait planer, comme ils disent. Simplement, il ne faut pas vouloir conduire ou nager quand on vient d'en prendre.

Ils s'étaient arrêtés près d'une bande de gosses accroupis qui jouaient aux dés. Le gagnant, un gamin tout en jambes, fit avancer une poignée de cauris vers une rangée de trous creusés dans une planche grossièrement façonnée en forme de poisson. Il leva la tête vers les trois hommes et, reconnaissant Lakshman, s'écria avec entrain :

— Tu joues avec nous au *puhulmutu* ?

Une pensée l'assombrit soudain et il demanda à voix basse :

— C'est vrai, pour Sumi ?

Doc et Sharma s'éloignèrent de quelques pas et, sans cesser de fixer le jeu de *pallankulli*, Doc s'adressa à l'autre médecin :

— Vous y croyez un instant, vous, à cette histoire ? Vous pensez sérieusement que cette fille était une droguée ? Vous croyez que j'aurais pu la fréquenter pendant des années sans m'en apercevoir, sans détecter le moindre symptôme ?

A nouveau, il décela dans les yeux de Sharma cette même interrogation sur la nature de ses relations avec Sumitrâ. Peu lui importait ce que pensait l'autre, aussi enchaîna-t-il :

— Je ne doute pas un instant de vos conclusions, mais je pense que la consommation de drogue est accidentelle dans le cas présent et j'aimerais, si vous ne l'avez pas fait, que vous vérifiiez s'il y a de l'eau dans ses poumons.

Le docteur Sharma donna l'impression qu'il était sur le point d'imploser d'indignation, mais il se calma et lâcha comme à regret :

— Si l'inspecteur Prasad est d'accord, je le ferai. Je dois reconnaître que je n'ai pratiqué jusqu'ici que l'autopsie de routine. Il s'agissait seulement de déterminer si la défunte avait ingurgité une substance particulière qui aurait pu provoquer la noyade, si elle avait subi des violences sexuelles...

Le teint habituellement caramel de Lakshman devint ponceau. Il venait de les rejoindre et ses

50

yeux se mouillèrent à nouveau. Gêné, le docteur Sharma finit sa phrase à regret.

— Je n'ai d'ailleurs détecté aucune trace de violence pas plus que de rapport sexuel normal récent. Ah ! puisque vous voulez tout savoir, le corps de cette pauvre petite ne doit pas être resté beaucoup plus de six heures dans l'eau, car la peau ne présente pas ce que nous appelons le signe des blanchisseurs, signe qui apparaît au bout de douze à vingt-quatre heures d'immersion environ. Elle est à peine ridée aux extrémités. Oui – son visage parut s'attrister –, relativement peu de temps dans l'eau. Quant à aller voir dans les poumons, si l'inspecteur Prasad n'a pas d'objection...

— Je me charge de Prasad ! lui cria Doc tandis que l'autre s'éloignait sans plus attendre.

Doc crut devoir prendre quelques précautions pour expliquer à Lakshman qu'il avait demandé une autopsie plus détaillée et que cela risquait de retarder la crémation de quelques heures. Il fut surpris de ne constater chez le jeune homme aucune réaction à ses paroles, mais il n'eut pas envie d'en découvrir la raison pour l'instant. Il avait trop de choses en tête. Il remarqua cependant la ressemblance accrue du jeune homme avec sa sœur et la nuance de doré laissée par les larmes dans son regard. Puis il décida de rendre visite sans tarder à l'inspecteur chargé de l'enquête, non sans avoir posé au préalable quelques questions à Lakshman sur la vie de sa sœur.

Décidément Sumitrâ, sous des dehors de bonne fille, simple et spontanée, avait été une personne bien mystérieuse. Lakshman, pourtant si proche d'elle, ne savait pas grand-chose de ses activités ces dernières années. Il apprit cependant à Doc, ce qui semblait l'étonner lui-même, que sa sœur possédait d'autres boutiques ailleurs. Elle lui donnait régulièrement de l'argent pour ses cours et aidait également ses parents et les autres membres de la famille. Il avait cru comprendre qu'elle fréquentait certains responsables d'associations contre la drogue, la prostitution et le travail des enfants, mais elle évitait généralement d'aborder ces sujets avec lui. Ce qu'elle exigeait de son frère était bien précis : travailler dur à ses études et fuir la boisson, la drogue et tout trafic illicite. Il ne devait pas voir trop souvent ses parents, mais rester en contact permanent avec Doc et lui témoigner, ainsi qu'à Vasantâ, reconnaissance et dévouement.

A ces mots Doc ne peut s'empêcher de sourire. « Quelle énergie ! » se dit-il. C'était ce qui lui venait à l'esprit, et rien d'autre.

— Où est-elle allée quand elle a quitté la région, il y a quelques années ?

Lakshman l'ignorait. Il était trop jeune à l'époque et Sumitrâ ne lui avait jamais dit ce qu'elle était allée faire au loin. Lakshman réfléchissait. Désireux de renseigner Doc, il fouillait ses souvenirs.

— Elle m'a raconté qu'une fois, je ne sais plus où, elle avait rencontré deux femmes à leur sortie de prison. Elles avaient été arrêtées pour le vol d'un portefeuille, puis détenues dix jours pendant lesquels on les avait battues et violées. Avant de les relâcher, on leur avait tatoué au front le mot *jebkatri*, pickpocket, je crois.

Le choix du mot fit penser à Doc que cette rencontre avait dû avoir lieu à Delhi ou Bombay, mais il laissa Lakshman continuer :

— Je pense qu'elle m'a raconté ça pour me prouver qu'on ne peut pas vraiment faire confiance aux policiers et que le mieux est encore de ne jamais avoir affaire à eux. En tout cas, cette histoire m'a impressionné.

Ils étaient arrivés devant le commissariat. Doc était gêné par l'odeur de désinfectant de la morgue, mêlée à celle de la *bidî* allumée par le gardien, qui lui collait encore aux narines. En pensant à cette odeur, il se rappelait l'autre odeur, celle d'essence de rose qui flottait autour de Sumitrâ vivante. Pauvre *Panchgulâb*, désormais ce parfum la représenterait dans sa mémoire et son imagination olfactives. Parfum d'un souvenir. Après avoir flotté autour d'une réalité maintenant disparue, la suave odeur des roses ne ferait plus que provoquer une illusion des sens. Et ce 33 sur l'étiquette à la morgue, il ne l'oublierait pas non plus. Trente-trois, nombre sacré, symbole de l'infiniment nombreux, emblème de la multitude. Le Ciel des trente-trois. Trente-trois *crore* de dieux. Trois cent trente millions de dieux. La boutade bien connue pour exprimer l'idée que les trois dieux principaux du panthéon hindou – que, d'ailleurs, on peut aussi considérer comme trois aspects différents d'un seul et même dieu – peuvent se multiplier à la demande, selon les goûts et les aspirations de chacun.

Il en avait oublié Lakshman qui marchait à son côté. Au moment de quitter Doc, celui-ci eut l'air de se rappeler encore quelque chose d'important :

— Un jour, elle m'a parlé d'une femme extraordinaire, qu'elle paraissait admirer pour le combat acharné qu'elle menait contre la criminalité. Mais j'ignore si elle l'a rencontrée ou pas.

— De qui s'agit-il ?

— Il me semble qu'elle s'appelait Kiran V..., quelque chose comme Kiran Vedi. Non, plutôt Kiran Bedi, je crois bien que c'est ça. Oui, j'en suis sûr maintenant.

Ce nom n'évoquait rien de spécial à Doc.

Chapitre 4

L'inspecteur Prasad avait tout à fait l'air d'un corbeau, avec sa grande mèche d'un noir bleuté qui lui barrait le front, son œil rond et brillant, son nez fort et incurvé exactement comme un bec. Du corbeau, il avait la malice et la persévérance et certaines attitudes saccadées et légèrement maniérées. Comme Doc avait toujours éprouvé de la sympathie pour les corbeaux, il conçut d'emblée de la sympathie pour Prasad.

Celui-ci, sans y mettre la moindre insinuation déplaisante, lui demanda aussitôt :

— Puisque vous connaissiez bien cette fille, vous allez pouvoir m'aider un peu, n'est-ce pas ? En fait, l'enquête serait close si son jeune frère n'avait pas insisté pour qu'il y ait une autopsie complète.

Ce détail, montrant un Lakshman plus déterminé qu'il n'y paraissait, surprit Doc, mais l'aida à comprendre pourquoi le jeune homme avait écouté sans s'émouvoir ses propos sur l'autopsie de sa sœur. Il fixa la mèche bleutée de Prasad avant de répondre.

55

— En effet, je croyais bien la connaître. Toutefois, malgré les conclusions du médecin légiste, je me refuse à penser que c'était une héroïnomane ou une habituée d'un quelconque stupéfiant. Même si on en trouve des traces dans ses viscères.

Prasad fit un petit geste apaisant.

— Ne nous emballons pas, Doc. On peut ne pas se droguer, ou n'être qu'un camé occasionnel, et tremper quand même dans un trafic ou un autre. C'est rare, mais cela s'est vu. Vous n'ignorez pas que le trafic de la drogue et celui des animaux sont souvent liés. Par exemple, par ici, on capture pas mal de serpents qu'on expédie un peu partout pour les revendre. Eh bien ! les trafiquants se servent parfois de ces animaux pour faire parvenir à leurs correspondants des sacs de cocaïne enfouis dans le rectum soigneusement cousu des serpents.

— Je ne vois pas le rapport.

Tandis qu'il feuilletait des documents, Prasad ressemblait décidément à un gros corbeau occupé à picorer. Fasciné par l'homme-oiseau, Doc ne disait rien, mais il avait compris que l'autre cherchait à faire diversion pour détendre un peu l'atmosphère.

— De plus, avec la drogue, la dépendance peut venir très vite. Vous savez comme moi que la cocaïne, au contraire de l'héroïne, ne crée pas de dépendance physique à proprement parler. En revanche, on dit que les produits utilisés pour couper l'héroïne pure accélèrent cette

dépendance. Il faut en gros un mois pour devenir accro à l'héroïne pure et il faudrait seulement une semaine quand il s'agit d'héroïne
coupée. Or, vous n'aviez peut-être pas revu
cette fille tout récemment.

Conscient du fait que son interlocuteur n'était
toujours pas convaincu, Prasad s'empressa
d'ajouter :

— Ecoutez, Doc, le docteur Sharma est en
train de procéder à l'examen que vous avez
demandé et que j'ai autorisé. Si cela donne du
nouveau, je suis prêt à reconsidérer l'affaire.

Comme le visage de Doc était redevenu inex-
pressif, il crut bon d'ajouter :

— Oui, je sais, vous me croyez pressé de clas-
ser l'affaire. Mais figurez-vous, je suis aussi
curieux que vous de découvrir autre chose qu'un
cas classique de toxicomanie. Même si, *a priori*,
rien ne m'empêche de penser que cette Sumitrâ ne
profitait pas de son florissant commerce de
coquillages pour se livrer à un petit trafic de came
et se défoncer à l'occasion. J'attends la preuve du
contraire. Vous savez, la blanche on l'achète facilement à des prix de gros et on la revend coupée
au détail, en y gagnant sur le volume et sur le prix.
Et cela représente beaucoup d'argent, croyez-moi,
et avec on peut se payer des tas de nouvelles boutiques et ainsi de suite.

Maïs Doc n'écoutait plus. Il trouvait cette
conversation irréelle. De qui parlait-on ? D'un
futur tas de cendres, avec tout de même quelques
éclats d'os, dans une jarre au cimetière. Il soupira

car il venait d'avoir une drôle de vision. Sumitrâ, un brin d'herbe entre les dents.

A propos de toxicomanes, il n'était pas non plus sans expérience. Ce malade, à l'hôpital, qui hurlait puis gémissait quand on lui retirait sa seringue, il se le rappelait parce qu'on ne l'avait pas laissé le soigner correctement. Contre l'avis de Doc, qui proposait des produits de substitution, on lui donnait de temps en temps une dose de drogue pour l'empêcher de crever, mais une dose suffisamment faible pour que le manque finisse par l'obliger à parler, tout cela parce qu'il était impliqué dans une sale affaire. Doc le revoyait bavant et se tordant sous les crampes et les convulsions, tant la souffrance occasionnée par la privation lui était insoutenable. Cet homme avait ensuite disparu de son service et il n'en avait plus entendu parler.

Seulement, entre les deux visions, Doc n'arrivait pas à établir un lien.

Tout à coup, en un éclair, le nom de Kiran Bedi lui revint à l'esprit. Il avait souvent vu son nom dans les journaux. N'était-ce pas cette femme qui se trouvait à une époque à la tête de la brigade des stupéfiants, quelque part dans le Sud, à Goa peut-être ? Mais alors, si Sumitrâ l'avait connue, avait-elle eu affaire à elle en tant que droguée ou pour une autre raison ? Il interrompit brusquement Prasad, qui continuait patiemment son exposé.

— C'est bien une certaine Kiran Bedi qui dirigeait l'office des stupéfiants à un moment donné, n'est-ce pas ?

Le petit œil rond et brillant s'arrondit encore d'étonnement et d'amusement. Le corbeau éclata d'un léger rire saccadé.

— Les stups ! Vous en avez des fréquentations ! Celle-ci est célèbre, j'en conviens.

Ignorant la plaisanterie, Doc ajouta :

— Sumitrâ avait parlé d'elle à son frère avec admiration. Peut-être a-elle travaillé pour elle à un moment donné.

Prasad baissa la tête et la mèche « aile de corbeau » tomba, dissimulant un instant l'insolence du regard. Ainsi isolé, le nez de Prasad ressemblait encore plus à un gros bec tranchant.

— Tiens, tiens. Elle a peut-être arrêté elle-même notre Sumitrâ. Non, je plaisante. Mais qu'est-ce qui vous fait croire que Sumitrâ pouvait travailler pour les services du Bâton ? C'est ainsi qu'on l'appelle, *Danda*, le Bâton. Dure et droite comme un bâton, la Bedi.

Doc ne put s'empêcher de sourire. Il voyait, lui, la Bedi sous la forme du signe de ponctuation dans l'écriture sanskrite, ce trait vertical, simple ou double nommé *danda*, que l'on place à la fin des phrases ou des vers. *Danda*, c'est aussi le sceptre d'un souverain, symbole de son pouvoir comme de la protection qu'il doit à ses sujets. D'ailleurs, la science politique, *dandanîti*, c'est « l'art de manier le bâton ». Sans le bâton, l'ordre social s'effondre et les forces malfaisantes prennent le dessus. C'est alors la « loi des poissons » qui l'emporte et l'on voit les forts ne faire qu'une bouchée des faibles. *Danda*, c'est encore la tige du lotus, trône de Brahmâ le Créateur, ou un nom de Yama, identifié à son bâton magique. Mais Prasad, qui ne pouvait deviner ses pensées, continuait sur sa lancée.

— Et elle a une de ces énergies, la Bedi, je ne vous dis que ça ! Elle est maintenant directrice de Tihar Jail, le pénitencier de Delhi. Vous vous rendez compte, de simple flic de la circulation à directrice de prison ! Et quelle prison ! Quand elle était aux stups, elle ne se contentait pas de répression. Elle arrêtait elle-même les trafiquants après les avoir attaqués à la mitraillette, ce qui ne l'empêchait pas de créer par ailleurs des centres de désintoxication et de prévention. Sa guerre sans merci contre les cultivateurs d'opium de l'Himâlaya a même été jugée excessive par le gouvernement. Ah ! les femmes du Panjâb !

L'inspecteur ne cachait pas son admiration. Quelle que soit sa propre attitude envers les femmes, l'Indien est toujours prêt à diviniser celle qui se distingue par son courage ou toute autre qualité hors du commun. Elle devient aux yeux des hommes, et dans l'inconscient collectif, une émanation de la *devî*, la déesse mère. Prasad rêva un instant, puis il redescendit sur terre.

— Donc, si Sumitrâ ne trafiquait pas mais combattait la drogue, en bonne adepte de Kiran Bedi, elle aurait aussi bien pu se faire descendre par ceux qu'elle gênait.

Le ton était-il ironique ? Doc n'aurait su le dire avec certitude.

A ce moment précis, le docteur Sharma apparut. La paupière tressautante, il lança à peine entré :

— Vous aviez raison, Doc. Il n'y a pas d'eau dans les poumons.

Le corbeau émit un bref croassement, ce qui est toujours un bon présage, puis il s'agita. On aurait juré qu'il sautillait sur place.

— Ce qu'on appelle une « noyade blanche » en somme ? Ah ! ça devient intéressant. Donc elle était morte avant d'avoir été jetée à l'eau, et comme elle ne respirait plus, ses poumons n'ont pas absorbé d'eau.

— Et elle a dû être assommée avant avec une chaussette remplie de sable, car je n'ai pas décelé de traumatisme crânien lors de la première autopsie. J'ai juste vu quelques signes de lutte, des meurtrissures et les dents cassées. Ensuite, je me suis cantonné dans les analyses de drogue.

C'était exactement ce que Doc avait pensé tout d'abord. Il sourit à Sharma avec reconnaissance, mais celui-ci gardait un air penaud : il avait manqué de jugeote, et même de conscience professionnelle, et se sentait en faute. En guise de consolation, l'inspecteur lui lança non sans une pointe de sadisme :

— Faute avouée est à demi pardonnée !

Puis, sans plus s'occuper du médecin légiste déconfit, il se tourna vers Doc pour lui dire :

— Maintenant, nous connaissons le moment approximatif de la mort – Sharma a dû vous dire que, pour les noyés, on le détermine grâce à l'état d'avancement du signe des *dhobi*, car chez nous, c'est plutôt le signe des blanchisseurs que celui des lavandières, comme l'appellent les Anglais. La peau de la fille est un peu fripée mais n'a pas atteint le stade de la décomposition par l'eau et même pas celui de la saturation. Donc, puisque nous pouvons situer ce meurtre dans le temps et en imaginer plus ou moins le scénario – le cocktail reconstituant, le coup de grâce avec la chaussette pleine de sable, l'immersion –, vous allez pouvoir m'aider, Doc. Il faut qu'on découvre ce qu'elle avait à voir avec les truands. Et on va les coincer.

Tel un corbeau qui se lisse les ailes, l'inspecteur Prasad se frottait les mains. A présent l'affaire l'intéressait.

En cette fin d'après-midi, la chaleur n'avait pas encore commencé à décliner. Peut-être le feu des bûchers ajoutait-il à la désagréable impression de fournaise. Exsangue malgré la température, Lakshman suivait Doc comme une ombre. Le corps de Sumitrâ, enveloppé d'un linceul rouge, attendait sur un frêle brancard posé au sol. Son visage découvert était à peine visible à cause de la profusion de guirlandes qui l'entourait. Par terre, à côté, brillait le linceul de soie à fils dorés que l'on venait d'enlever à la morte pour ne laisser brûler avec elle que celui de simple coton rouge, qui ne risquait pas, comme l'autre, de lui coller à la peau et de la rendre plus impure encore. Doc ne chercha pas à s'approcher. On préparait le bûcher, pour lequel il avait fait acheter plusieurs fagots de bûchettes de bois de santal. Pour ceux qui ne sont pas sans moyens, ce bois parfumé, placé en plus ou moins grande quantité uniquement sur le dessus en raison de son prix élevé, remplace avantageusement le bois ordinaire et son odeur masque un peu celle de la chair et des os brûlés. En fait, pour Doc cette odeur de santal était typiquement celle de la mort, mais il se conformait aux usages et, en l'occurrence, il voulait honorer Sumitrâ et sa famille. Car, faute de ressources, ces gens-là auraient peut-être été contraints de brûler seulement un orteil de la défunte et d'inhumer le reste. Et tant pis pour ceux qui penseraient qu'il cherchait à gagner par cette charité un mérite égal à celui de l'ancien sacrifice du cheval.

Ce fut justement vers le tas impressionnant, à leurs yeux, de bûchettes de santal que les parents de Sumitrâ se précipitèrent en arrivant, faisant toutes sortes de mimiques d'approbation. Ensuite seulement, ils se dirigèrent vers leur fille et la mère couva des yeux le textile doré pareil à une précieuse mue d'insecte, dépouille terrestre abandonnée après la métamorphose, enveloppe éphémère d'une vie envolée. Doc resta interdit en apercevant le couple. Il comprit vite à leurs manières et à leur maquillage voyant que c'étaient des théâtreux professionnels. Ils se mouvaient comme sur une scène et leurs jeux de

physionomie parlaient pour eux. Leurs vêtements aussi trahissaient leur profession. Doc
remarqua en passant que l'homme avait les yeux
injectés de sang, comme certains ivrognes chro-
niques, alors que la femme, aux traits beaux
mais fatigués, semblait se prendre pour une diva.
Ce qui échappait à Doc, c'était pourquoi Sumitrâ ou Lakshman n'avaient jamais mentionné
que leurs parents étaient acteurs. En revanche,
cela expliquait peut-être la passion de Sumitrâ
pour le théâtre, et les prénoms des deux enfants.
Même le plus ignare sait en Inde que Sumitrâ est
l'épouse du roi Dasharatha dans l'épopée du
Râmâyana, et Lakshman leur fils. Décidément
cette épopée, qui était pour eux à la fois un sujet
d'adoration et de controverse, tenait une grande
place dans la vie de ces deux êtres.

Le métier des parents de Sumitrâ expliquait
aussi pourquoi personne ne paraissait savoir d'où
elle venait : c'était une famille de vagabonds professionnels. Lorsque Lakshman présenta Doc
aux deux acteurs, celui-ci les vit prendre des airs
dédaigneux puis entendus qui lui déplurent à
l'extrême. Plusieurs fois même, il surprit des
regards qui en disaient long sur leur cupidité.
Surmontant leur aversion viscérale pour les brahmanes, ils devaient chercher à évaluer ce qu'ils
pourraient éventuellement tirer de Doc en tant
que protecteur de leur fille, et ces élucubrations
semblaient remplacer la peine de l'avoir perdue.
Cependant, lorsque la cérémonie commença, ils
cessèrent apparemment de s'intéresser à lui.

Doc regardait sans le voir le prêtre qui s'affairait autour du bûcher sur lequel reposait maintenant la fragile civière chargée du corps de la
défunte. Le jeune brahmane, engagé pour la circonstance, prenait son rôle très au sérieux et
entendait ne négliger aucun rituel. Pourtant, il ne
devait pas être bien rigoriste puisqu'il laissait la
diva assister contre la règle à la crémation de sa
fille. En changeant de position, Doc perçut un
froissement dans l'une ses poches. C'était un
télégramme, celui que Lakshman avait envoyé à
Vasantâ :

Sumitrâ accidentée STOP Arriverai demain
STOP Respectueusement, Lakshman STOP

Soudain il la revit, encore une étrangère, près
de la sculpture qu'elle leur montrait lors de leur
première rencontre. Cette sculpture représentait
Vishnu sous l'avatar de Varâha le sanglier qui
sauve le monde en train de couler, par la volonté
des démons, vers des profondeurs abyssales.
Sumitrâ avait amusé les enfants en imitant le
grommellement du sanglier et tous l'avaient
trouvée charmante. Que faisait-il là, à sa crémation ? Qu'avaient-ils été l'un pour l'autre ? On
semblait le considérer comme un proche, puisqu'on lui avait proposé de conduire le deuil en
allumant le bûcher, ce qu'il avait refusé puisque
le père de la défunte était un chef de deuil tout
trouvé. Si la défunte avait bien un père, ni lui ni
personne d'autre ne l'aimait de façon assez
paternelle pour la ramener à la vie au moyen
d'une incantation ; assez filiale pour porter ses

ossements jusqu'au Gange ; assez amoureuse pour faire de ses cendres une couche et y séjourner, comme on le lit dans les contes. Personne ne l'avait jamais chérie au point d'accomplir pour elle, au prix de terribles efforts, le miracle de la résurrection.

On le prenait pour un proche et pourtant, même s'ils se voyaient plusieurs fois par an, ils étaient restés étrangers l'un à l'autre. Lui vivait sa vie de médecin, de brahmane, de chef de famille, et cette rencontre n'y avait jamais rien changé. Elle, tout le mystère de sa vie demeurait entier dans la mort. Elle avait été une force en mouvement, une énergie. Ce n'était pas la première fois que ce mot lui venait et il convenait si bien à Sumitrâ qu'il n'aurait su mieux la décrire que par ces mots. Une *shakti*, en somme.

Il fixait le cours d'eau dans lequel, plus tard, on laverait et tamiserait les os de Sumitrâ après la crémation. Puis il regarda Lakshman, que Sumitrâ aimait et protégeait tellement. Il tourna ensuite les yeux vers le groupe d'hommes agités qui se tenaient en retrait et enfin vers les parents, serrés l'un contre l'autre comme s'ils ne faisaient qu'un. « Inséparables, comme l'ongle et la chair », se dit Doc. Ils lui rappelaient le dieu Hari-hara, moitié Vishnu, moitié Shiva, fondus l'un dans l'autre, ou mieux encore, Mohinî, divinité hermaphrodite. Comment, dans ces conditions, la femme aurait-elle pu accepter de se séparer de son compagnon pour accomplir chez elle les ablutions rituelles et pleurer dans la solitude de la maison désertée au moment où lui allumerait le bûcher sur l'aire de crémation ?

Les vieux acteurs faisaient de leur mieux pour communiquer leur émotion aux spectateurs trop peu nombreux à leur gré, exactement comme on leur avait appris à le faire au théâtre. Ils exprimaient leur chagrin par un *rasa* choisi dans le registre pathétique, sans avoir eu besoin de se consulter. Ils en faisaient trop, mais c'étaient vraiment d'excellents acteurs dans le genre populaire, volontairement outré. Soupirant de concert, roulant des yeux, se tordant les mains, ils interprétaient le rôle convenu des parents éplorés. Ils jouaient tout le temps, comme s'ils se trouvaient sur une scène, même quand leur rôle consistait à écouter les autres. L'idée que tout à l'heure, en guise d'ultime rite funèbre, ils contourneraient trois fois le bûcher par la gauche, faillit amuser Doc. Au théâtre, en effet, la circumambulation des acteurs indique un changement de lieu ou de scène. Ils pourraient ainsi jouer jusqu'au bout, les vieux saltimbanques.

L'odeur du santal commençait à l'incommoder. Cette odeur avait définitivement submergé le parfum de rose de Sumitrâ, qui n'était plus que fumée. Pauvre *Panchgulâb*, cette fois elle était bien morte. Il essayait de se concentrer, mais il n'arrivait pas à éprouver de peine. Il se sentait plutôt vide, comme on peut l'être devant un gâchis évident. Vasantâ et les enfants, eux au moins, ressentaient un vrai chagrin sans avoir à se forcer. Il revit alors un dessin sur le sable tracé du bout de son parapluie et les larmes de Sumitrâ lorsque le flot l'avait effacé. Des yeux lumineux, presque clairs, rendus liquides et dorés par les pleurs.

Sa décision était prise : après la fête des chars, il reviendrait suivre l'enquête auprès de Prasad car, comme tous les corbeaux, celui-ci lui plaisait bien. La mort de cette fille, c'était bien sûr la fin d'une histoire. Il serait intéressant d'en découvrir le début et les péripéties. En s'en allant, il remarqua la jarre à fond pointu où l'on mettrait tout à l'heure les restes lavés du corps calciné de Sumitrâ et que l'on enfouirait plus tard au cimetière.

Chapitre 5

Ses yeux devaient paraître clairs, comme chaque fois qu'elle avait pleuré. Cela, elle le savait à force de l'entendre dire parce que ses parents prétendaient que voir des yeux clairs au réveil porte malheur, et pourtant elle évitait de pleurer devant les autres. Mais elle n'était pas seulement consciente des reflets étrangement dorés de ses yeux. Elle savait que son teint de miel, ses lèvres bien dessinées, ses cheveux à peine ondulés, son cou tendre et doux, sa taille fine et ses formes pleines, faisaient d'elle une femme séduisante. Tout à fait conforme aux canons de la beauté indienne. Ne la comparait-on pas souvent à telle ou telle figure féminine des fresques d'Ajantâ ou de Konârak ? Une séduction, cependant, qui était à l'origine de tous ses malheurs et qu'elle rejetait maintenant qu'elle avait dans la vie un but sans relation directe avec l'apparence physique.

Bien sûr, si elle avait pu espérer plaire à Doc, cet homme unique, elle aurait pu se réjouir d'être belle. Elle aurait supplié le dieu aux flèches de fleurs, Kâma : qu'il suscite un brouillard pour que Doc s'échoue sur ce rivage ! Elle aurait demandé au dieu de l'amour de l'endormir pour lui administrer le philtre qui le rendrait amoureux d'elle. Mais à quoi bon ces fariboles aussi irrationnelles qu'irréalisables ?

D'ailleurs, à ce moment précis, il était bien question de séduction ! Les lèvres tuméfiées, le menton meurtri, l'épaule contusionnée, elle n'était plus qu'un petit amas de misère. Ses yeux auraient paru clairs, à cause des larmes, si seulement on avait pu les voir, mais ils disparaissaient pour l'instant sous un gonflement douloureux. Ils étaient bel et bien revenus, ces fumiers, et ils lui avaient flanqué une fameuse correction. Bien sûr, elle les avait insultés et, rendus furieux par ses sarcasmes, ils l'avaient battue, menacée et, surtout, ils avaient mis à sac le petit pavillon au bord de l'eau où elle venait souvent passer la nuit à écouter le bruit des vagues et du vent, et où elle gardait quelques-uns de ses objets et livres préférés. Elle regarda avec attendrissement le chat maigre – c'était en fait une pauvre chatte à en juger par ses trois couleurs – qu'elle nourrissait à chacun de ses passages. Un chat arrivé chez elle quelques mois auparavant. Sauvage, affamé, le corps efflanqué couvert de plaies. Elle l'avait soigné et apprivoisé et pouvait désormais le caresser avant de lui donner son poisson. Heureusement qu'il s'était caché quand ces salauds étaient là ! Ils n'auraient pas hésité à le torturer.

Le pire, c'était qu'après leur départ, celui qu'ils avaient chargé de tout retourner, de fouiller et de casser sans ménagement – un type qu'elle voyait pour la première fois – ne cessait de boire et devenait forcément toujours plus ivre. Remarquant qu'elle le regardait faire avec mépris, il avait fini par l'empoigner et, tout en appuyant sadiquement sur l'une ou l'autre de ses blessures, il l'avait forcée à boire elle-même à la flasque de *toddy*. A plusieurs reprises, sous la menace et la douleur extrême, elle avait dû avaler quelques gorgées de l'infâme liqueur de palme. Et maintenant elle avait sur elle cette odeur détestable qui lui répugnait tant et qu'elle ne pouvait qu'associer au souvenir de son père. Celui-ci avait commencé à boire lorsqu'elle était née, trop déçu de n'avoir pas de garçon. Depuis, il aimait bien fêter au *toddy* la fin des représentations et, stimulé par les vertus de la sève du palmier, il passait ensuite le reste de la nuit à déclamer des rôles qu'on ne lui donnerait jamais. Elle dut se boucher les oreilles pour ne pas entendre le rire cristallin et artificiel de sa mère saluant ces déclamations. Puis la voix avinée de son père : « C'est fou ce qu'elle nous coûte ! »

Ces salauds étaient enfin repartis et, finalement, elle n'était pas si mal en point. D'ailleurs, ce n'était pas la première fois qu'on l'attaquait ainsi et toujours elle finissait par s'en tirer sans trop de dommages. Parfois même, c'étaient les autres qui regrettaient de s'en être pris à elle. Avec un peu de chance, elle pourrait bientôt atteindre son but et alors elle s'en irait ailleurs. Cette perspective la laissa songeuse. Cela voudrait dire qu'elle ne verrait plus jamais Doc. En voulant chasser cette idée dérangeante, elle regarda par la fenêtre et contempla les énormes nuages noirs massés à l'horizon. La mousson serait-elle en avance cette année ? Quand elle baissa les yeux, elle aperçut, à demi dissimulé derrière un tronc de palmier, ce gentil gosse dégingandé qui passait des heures à jouer au *pallankulli*. A son air terrorisé, elle comprit qu'il avait tout vu et se sentit navrée pour lui. Elle essaya de lui sourire malgré ses lèvres abîmées, puis lui fit signe de ne pas ébruiter ce dont il avait été témoin. Le garçon sourit à son tour et, reprenant son poisson de bois, il s'éloigna sans bruit, non sans se retourner une ou deux fois pour montrer qu'elle pouvait lui faire confiance.

« Aussi invraisemblable qu'une souris à cheval sur un corbeau. » L'expression, tirée du *Panchatantra*, convenait parfaitement à sa propre situation. Qui eût dit, étant donné ses origines et son passé, qu'elle deviendrait assez gênante pour que des truands pareils envoient leurs sbires dans le but de l'intimider, mais trop importante pour qu'ils se décident à la supprimer tout à fait ? Une sorte de fierté l'envahit et la fit se redresser, mais alors de violentes douleurs à l'épaule et à l'estomac l'empêchèrent de se réjouir tout à fait. Aux intimidations régulières, destinées à mettre fin à ses activités, s'ajoutaient depuis quelque temps des demandes de fonds.

Ce qui était assez inquiétant, car son oncle, ses parents et peut-être même Dîlip, son premier amoureux, pouvaient fort bien tremper dans ces combines d'extorsion.

Dîlip, qu'elle avait tant aimé dans son enfance et à qui elle avait même appris à lire et à écrire en souvenir de leur attachement mutuel, qu'ils avaient cru devoir durer toujours. Déjà tout petits, ils se comparaient, elle à la Draupadî de l'épopée, lui à ses cinq époux, car il disait en rougissant un peu, ce qui le rendait attendrissant, qu'il se sentait assez d'amour pour tenir auprès d'elle le rôle des cinq maris de Draupadî.

Alors qu'elle voulait mettre un peu d'ordre dans la pièce saccagée, son regard tomba sur un livre retourné dont la couverture se détachait presque. Elle se mit à chercher dans sa version tamoule du *Panchatantra* la phrase qui lui était venue récemment à l'esprit.

Le chemin qui serpentait au milieu des collines de granit conduisait jusqu'à l'ancien phare de Mahâbalipuram. Aujourd'hui, c'était Arjun qui s'y trouvait avec Doc mais celui-ci y était déjà venu seul et peut-être une fois avec Sumitrâ pour admirer la vue splendide sur le village et la forêt de palmes, les rochers sculptés, ceux qui sont disséminés sur le sable et ceux, sculptés aussi mais inachevés, qui émergent de l'eau, et l'océan violet. Les deux amis s'assirent sur les ruines du phare et restèrent silencieux à humer la brise matinale et à contempler le panorama et le jeu des nuages mauves et gris qui grossissaient à l'horizon. D'ordinaire, entre eux, le silence n'était jamais vide, mais celui-ci leur parut pesant à l'un comme à l'autre.

Jusqu'ici, ils n'avaient fait que parler des antalgiques administrés comme produits de substitution à la drogue, qu'ils connaissaient tous deux en tant que médecins. Mais Arjun, champion de botanique, tenait pour certain, comme ses travaux récents tendaient à le prouver, qu'un analgésique à base d'opium était moins préjudiciable à la santé que la méthadone, opiacé de synthèse, couramment administrée aux drogués. Il n'en démordait pas, même s'il se heurtait auprès des chimistes à des arguments économiques en faveur des produits de synthèse.

Quoi qu'il en soit, cette conversation ne faisait que masquer un désaccord entre eux. Doc savait parfaitement que son ami avait toujours plus ou moins désapprouvé ses relations avec Sumitrâ et qu'il aurait préféré maintenant que Doc n'enquêtât point sur le meurtre de cette fille.

— Je sais à quoi tu penses, tu as peur qu'on me prenne pour un brahmane « qui mange de tout ». Ne dit-on pas : « Au Deccan les brahmanes marient leurs filles à leurs oncles, à l'Est ils mangent du poisson et au Nord de la viande, tandis qu'à l'Ouest ils boivent de l'eau tirée du puits dans une gourde de cuir » ?

Désireux de dissiper cette gêne inhabituelle entre eux, Doc avait débité d'un ton badin le

74

vieux proverbe fait pour fustiger les brahmanes qui, aux quatre coins de l'Inde, ne respectent plus depuis longtemps la stricte orthodoxie en se livrant à ces pratiques hautement scandaleuses. Lui aussi, brahmane frayant avec une fille de basse caste, trahissait son rang aux yeux d'Arjun, du moins était-ce comme si Arjun avait insinué cette idée, ou comme si Doc insinuait qu'il l'avait insinuée. Arjun se raidit légèrement, comme offensé par ces propos, mais il regarda Doc d'un œil plein de compréhension.

Certes, ils appartenaient tous deux à la caste brahmanique et ils en respectaient certains usages, mais, loin de se montrer aussi pointilleux que beaucoup, ils se comportaient en hommes modernes et ouverts, tolérants et dépourvus de préjugés. Arjun, malgré cela et bien qu'il se défendît d'intervenir dans la vie de Doc, l'avait vu d'un mauvais œil fréquenter Sumitrâ. Ce n'était pas le moment d'analyser les raisons de ses réticences, cependant il comprit subitement qu'il n'avait aucune idée de ce qui liait son ami à la jeune femme, que cela ne le regardait nullement et n'avait plus aucune importance. Qui plus est, il lui fallait se rendre à l'évidence : Doc, qui avait ses propres méthodes de raisonnement, pouvait peut-être aider l'inspecteur à trouver les coupables du meurtre de Sumitrâ et en tout cas le pousser à les chercher.

Grâce à la boutade de Doc, la gêne s'était évanouie.

Devant un repas de légumes variés, riz au citron, sauces épicées, condiments, yaourt épais et galettes, servi sur de larges feuilles de bananier, ils purent enfin discuter sans retenue, tout à la joie de constater que leur précieuse amitié, leur complicité et leur entente se trouvaient encore renforcées. Doc fixait l'aspect brillant, comme laqué, de la feuille qui lui servait de plat. Comme d'habitude, il n'avait fait que chipoter. Seuls les sauces et les condiments pimentés, péché mignon de Doc, avaient disparu de son assiette végétale. Pris d'une soudaine inspiration, il détacha son regard du vert intense de la feuille et le posa sur Arjun.

— Sais-tu ce que nous devrions faire ? Prendre Lakshman comme assistant au labo. Il est intelligent, rapide, éduqué, plein de bonne volonté, et tu en feras un passionné des plantes et des simples en un rien de temps. De plus, il a vraiment fait preuve de caractère en exigeant que sa sœur subisse une autopsie et il mérite d'être encouragé.

Arjun comprit que d'autres raisons encore poussaient Doc à ce choix et il ne put que les approuver. Il pensa même que ce garçon plein de qualités ferait un excellent fils adoptif pour certain brahmane de leur connaissance qui se désespérait de n'avoir pas de fils. On trouverait sans aucun doute un arrangement financier avec les parents de Lakshman et il suffirait que ce dernier promît d'allumer le bûcher funéraire de ses deux pères, naturel et adoptif. C'était important, car il risquait autrement de se retrouver un jour dans la situation embarrassante de ce prince qui, du fond d'un puits, à Gayâ, avait vu se tendre vers lui les mains décharnées de son père naturel et de son père d'adoption, au moment où il s'apprêtait à offrir aux mânes de l'un d'eux la boulette sacrificielle.

Arjun, lui, allait donc repartir pour Madras avec un assistant et, qui sait, cette fois ce serait peut-être le bon.

Doc, pour sa part, avait très envie d'en savoir plus sur le meurtre. Il envisageait donc de revenir dans la région pour enquêter, après la fête des chars.

En attendant de retrouver l'inspecteur Prasad, il réfléchissait sérieusement. Ce sont souvent des incursions dans le passé de la victime et de son entourage qui mettent, dit-on, les enquêteurs d'un meurtre sur la trace des coupables. Doc lui-même, les deux ou trois fois où le hasard l'avait amené à participer à la recherche d'un meurtrier, n'avait pas hésité à se renseigner sur la vie des gens assassinés, et cela lui avait toujours apporté de précieux indices. Dans le cas de Sumitrâ, bien qu'elle ne lui fût pas inconnue, il ne savait rien de précis et ignorait comment procéder pour se documenter.

— *Kasya phalam*, se répétait-il, exprimant en sanskrit, parce que cela lui était plus proche que le latin, la fameuse formule *cui bono,* « à qui profite le crime ? » Comment et quand un crime a été commis, on doit bien sûr s'en soucier, mais c'est le mobile qui en donne la clef.

Il passait en revue les quelques individus qui, d'après le peu qu'on savait, auraient pu dans l'entourage immédiat de Sumitrâ lui en vouloir au point de la tuer ou de la faire supprimer, mais il ne trouvait aucune piste vraisemblable. Il pensa bien aux deux touristes, un Américain et un Français, qui, à ce qu'on disait, avaient beaucoup courtisé la jeune femme, mais l'idée ne le convainquait pas et aboutissait plutôt à une impasse. Cependant, comme il avait un peu de temps, était plutôt curieux de nature, et aimait bien bavarder avec des inconnus, il se rendit dans plusieurs boutiques de souvenirs. Mine de rien, en se faisant montrer quelque bagatelle, il amenait le sujet sur la disparition de leur collègue.

— Sumi ? Quelle histoire !

Certains identifièrent Doc comme une connaissance de Sumi, d'autres pas. Mais il fut vite persuadé que cela n'influençait pas leurs propos. Les uns reconnaissaient qu'ils auraient volontiers employé cette fille parce qu'elle savait vendre comme personne. Les autres avouaient carrément qu'ils lui enviaient sa réussite. On pouvait cependant difficilement considérer que c'était un cas où la mort serait la rançon d'un trop grand succès. Ces gens, pensait-il, étaient tout au plus capables de rendre la vie impossible à une concurrente, mais incapables de la lui prendre. La plupart des filles ne cachaient pas leur jalousie pour elle, pas plus que les garçons n'essayaient de dissimuler que Sumi leur plaisait mais qu'aucun d'entre eux n'avait jamais pu l'approcher. Si elle avait bien quelques amis de jeunesse, on ne lui connaissait cependant aucune aventure locale. Elle semblait même éprouver de la répulsion pour tout ce qui touchait aux jeux de l'amour. Tout le monde, en revanche, paraissait maintenant la regretter et ne rien comprendre à sa mort brutale. Doc put constater que la personnalité de la victime changeait beaucoup selon les personnes interrogées, et aussi qu'ils finissaient tous par parler plus d'eux-mêmes que de la fille. A vrai dire, personne ne savait rien sur elle et bientôt on l'oublierait.

Jalousie, frustration ou cupidité auraient pu constituer des mobiles suffisants dans ce petit monde, mais le genre de mort infligé à la jeune femme ne correspondait pas, d'après lui, à la personnalité de ceux qu'il avait questionnés.

C'était tout pour le passé récent, et c'était bien peu. Il pouvait aussi s'agir d'une vengeance. C'était plus probable que les autres mobiles envisagés. Et si c'était le cas, y avait-il eu préméditation ? Généralement doué pour susciter les confidences, Doc posait peu de questions mais c'étaient des questions habiles et il savait écouter les réponses. Mieux encore que de bonnes questions, une écoute attentive encourage les confidences. Aussi décida-t-il de se rendre à Tirukalikunram.

Parmi les vieilles gens qu'il rencontra au village natal de Sumitrâ, on murmurait que Sumi avait dû mener une drôle de vie à la ville avant de revenir au pays, mais dès qu'il s'agissait de préciser quelle ville et quel genre de vie, personne ne savait plus rien. Ses parents avaient disparu dès la fin de la crémation, partis en tournée dans les villages côtiers, croyait-on. D'ailleurs, depuis longtemps ils ne recevaient d'elle que de l'argent pour toute nouvelle et ne l'avaient plus revue vivante depuis des années, c'était ce que confirmaient d'anciens voisins. Quelqu'un mentionna en soupirant une phrase du père : « C'est heureux qu'elle nous envoie un peu d'argent après ce qu'elle nous a coûté. » Cette réflexion frappa Doc sans qu'il comprît pourquoi. Quant au soupir, il ne put savoir s'il exprimait une approbation pour le père ou un regret sur le sort de Sumitrâ. Comme les vieux avaient la vue un peu basse et qu'ils n'avaient fait qu'entendre dire qu'elle avait pour protecteur un riche brahmane de Madras, ou peut-être de Kânchîpuram, et comme Doc n'avait pas l'air d'un riche brahmane, ils lui confièrent cette information comme un simple ouï-dire, sans soupçonner à qui ils parlaient. Il les écouta tous avec le même intérêt, persuadé que le plus petit détail, le mot le plus insignifiant, le moindre regard, la moindre mimique, peuvent se révéler de la plus haute importance.

Il réfléchissait donc. En temps ordinaire, il était assez doué pour laisser décanter les renseignements recueillis jusqu'à ce que le suc en devînt consistant. Mais, pour le moment, ces bouts épars d'informations voletaient dans sa tête comme des feuilles soufflées par le vent. Tout à fait comme ces tourbillons de l'esprit dont Patanjali dit qu'il faut les maîtriser pour obtenir un mental clair et efficace.

Chapitre 6

Comme on a souvent tendance, pour le justifier, à faire coïncider un désir avec celui, posthume et peut-être imaginaire, d'un disparu, Vasantâ et les enfants, qui n'avaient pas envie de manquer la fête des chars, avaient plusieurs fois évoqué le plaisir que Sumitrâ aurait eu à les voir y assister. Doc accepta sans discuter car il souhaitait en profiter pour observer les gens. Arjun se joignit à eux pour leur complaire et, du coup, la vieille Ambassador eut quelque peine à les mener tous à la grande fête des chars de Mahâbalipuram.

C'est en Orissâ, notamment à Purî, que pour cette fête du Râthayâtra, on déploie le plus de faste. Pour célébrer Vishnu sous son avatar de Jagannâtha, « Seigneur de l'Univers », on le promène sur d'antiques chars de bois à roues multiples – parfois jusqu'à seize ! – tous plus somptueusement ornés les uns que les autres. Ces véhicules, véritables bijoux aux sculptures rappelant celles du grand temple de Purî, que la légende dit avoir été édifié par un souverain qui cherchait à se faire pardonner l'impardonnable meurtre d'un brahmane, sont parés de fleurs et d'idoles, que l'on mène en procession jusqu'à la mer pour les y baigner.

La fête de Mahâbalipuram est peut-être moins grandiose mais, dans tout le Tamilnâdu, elle connaît un tel retentissement que, dès la veille, des foules de voitures, d'autocars et de pèlerins à pied avaient envahi les routes et les faubourgs. Et la nuit, on avait campé un peu partout en ville, dans la campagne, sur les plages et les rochers. D'ailleurs, parmi ceux-ci figurent, sculptés dans la pierre, les « Cinq *Râtha* du Sud », des chars de procession sans roues, particulièrement admirés au cours de ce festival.

Le lendemain, on pouvait voir des dizaines d'hommes, tête enveloppée mais torse nu, qui, au moyen de cordes épaisses, tiraient les chars partis longtemps avant de Kânchîpuram en grande pompe, tandis que d'autres, au péril de leur vie, couraient à côté pour en actionner, avec de lourdes masses, les moyeux fixes. Un dévot parfois lançait sous l'une des roues de droite, et de droite seulement, une noix de coco bien pleine que le char écrasait bruyamment, pour l'extrême plaisir de ceux qu'éclaboussait le lait.

Derrière les chars, alors que la chaleur commençait déjà à se faire sentir, la procession s'ébranlait lentement : musiciens porteurs de *dhol* et d'*uddukai*, grands tambours à deux peaux tenus par une large bandoulière et frappés en cadence dans un vacarme assourdissant, rythmé à contre-temps par des joueurs de tambourins à grelots ; multitudes composées de pèlerins accourus de partout ; sectateurs, *saddhu* en robe safran ; confréries de mendiants ; chanteurs et joueurs de flûte ; jongleurs et équilibristes ; pêcheurs du cru avec leurs filets en bannière clamant en chœur un chant de Tondiradippodi, leur saint patron, barde et pêcheur des temps anciens. Dans une ambiance folle, les innombrables croyants avançaient marqués au front du *tripundara*, les trois traits horizontaux de pâte de santal ou de cendre des dévots de Shiva, ou du *trishûla*, le trident des fidèles de Vishnu. Ici, des Porteurs de Crânes, vêtus seulement de leurs macabres guirlandes. Là, des Têtes Noires, ceux qui ont fait vœu de simuler la folie, avec leurs colliers de laurier rose et rien d'autre. L'heure, matinale, n'était pas encore à la crise, car aucun d'eux ne proférait d'obscénité, ne se roulait dans la poussière en poussant des cris rauques, ne se battait contre son ombre. Pour le moment, leur prétendue démence ne résidait que dans leur regard.

Si Vasantâ se sentait d'humeur à ce point joyeuse que le souvenir de Sumitrâ l'assombrissait à peine, c'était parce que visiter les lieux saints et prendre part aux cortèges religieux est un devoir sacré, une sorte de commandement. Celui qui l'accomplit en tire du profit et la satisfaction de contribuer au bon ordre du monde. Et assurément, il faut plaindre les rois qui en sont le plus souvent privés, car les pèlerinages présentent pour eux trop de risques, trop de périls, de même qu'en leur absence peut se trouver menacée leur souveraineté. Il leur reste la solution de se faire représenter et c'est ainsi que plus de rois symboliques que de monarques réels auraient, à ce qu'on dit, visité les hauts lieux sacrés.

Encadrée par Arjun et Lakshman, Vasantâ se tenait avec ses enfants d'un côté de la rue et regardait le défilé bariolé et disparate. Très élégante dans son sari de gala, elle échangeait volontiers des plaisanteries avec tous ceux qui l'entouraient. Doc s'était éloigné pour aller voir un ami et ils étaient convenus de se retrouver plus tard, près de l'Ambassador, pour pique-niquer tous ensemble.

Entre-temps, Doc avait rejoint Gadgil, un reporter de Dur Darshan venu filmer la procession avec son équipe. La télévision indienne, qui pourrait consacrer une chaîne entière aux festivals religieux, n'en manque jamais un car, en plus de la couleur locale garantie, il peut toujours advenir quelque bousculade meurtrière, une bagarre sanglante, une émeute politique, une manifestation intense de foi ou d'hystérie collective. On peut aussi avoir la chance d'assister à un numéro inédit de folklore, de voir survenir une tribu aborigène encore jamais recensée et encore moins filmée, ou bien de profiter du spectacle d'étrangers en proie au syndrome amusant qui les fait se prendre pour une divinité locale ou tout simplement pour de vrais Indiens. C'était précisément de ce curieux phénomène que Gadgil entretenait Doc, en le faisant rire de bon cœur, après les effusions des retrouvailles.

Soudain, un haut-parleur vociféra un discours incompréhensible. A force d'entendre répéter l'annonce, ils finirent par comprendre que deux jeunes filles avaient disparu et que leur famille les recherchait. Suivait une description qui correspondait à peu près à une femme sur deux dans la foule. Non sans peine, Doc et Gadgil avaient réussi à retrouver les techniciens près du bassin sacré, devant les gradins recouverts de monde.

— On se retrouve au *tank* !

— Rendez-vous au *teppam* !

On n'entendait que cela depuis le matin et, en effet, tout le monde se retrouvait au bassin.

Gadgil et son équipe s'apprêtaient à filmer un groupe de renonçants qui se tenaient prudemment hors d'atteinte de toute éclaboussure, comme pour épargner le contact de l'eau à leur corps couvert d'une épaisse croûte de cendre provenant des bûchers funèbres, ou à leur tignasse volumineuse, savamment emmêlée et torsadée puis enduite d'une mixture de beurre et de cendre à laquelle s'ajoutait une crasse entretenue avec soin. Rien à perdre, c'était ce que semblait proclamer leur air serein, lointain, détaché. L'errance de sanctuaire en sanctuaire conditionne la vie des Indiens pieux. Celle des *sannyasin* et des *saddhu*, dans le seul but jugé parfois égoïste de se libérer du cycle des renaissances, n'est faite, elle, que d'errance.

Des Blancs enturbannés, vêtus de tuniques colorées et de bijoux clinquants, mitraillaient les ascètes indifférents.

— Pourquoi ces étrangers se déguisent-ils ainsi ? Pourquoi photographient-ils ces choses-là ? Que viennent-ils chercher ici ?

— Il paraît qu'ils tentent de se refaire une âme. Pourquoi pas ? Beaucoup considèrent leur voyage en Inde comme une aventure initiatique et en tirent, dit-on, un vrai bénéfice spirituel.

— Ah ? Et que nous apportent-ils, eux ?

— Des devises !

— Parfait !

Chants, prosternements, prières, offrandes, austérités, la foule qui se livrait à ses passe-temps de prédilection allait toujours grossissant. Les rues disparaissaient sous les flots humains et depuis longtemps on avait perdu de vue les chars à la tête du cortège devenu impressionnant. Doc essaya plusieurs fois sans succès de couper ce flot pour rejoindre les siens. Il dut attendre la fin d'un numéro d'acrobates pour pouvoir se diriger vers l'endroit où il avait laissé l'Ambassador et trouva Arjun et Vasantâ plutôt excités. Ils lui racontèrent avec animation qu'un homme jeune, qu'ils décrivaient tous deux comme assez louche, avait durement bousculé Lakshman à plusieurs reprises. Le garçon refusait de dire s'il le connaissait, et Doc ne put que penser à cette autre fête des chars au cours de laquelle Sumitrâ avait disparu. Au bout d'un moment, Doc, qui avait du mal à la distinguer au milieu de toutes

ces belles femmes, l'avait reconnue grâce à son
sari couleur de potiron. Il avait cru la voir en
lutte contre un homme, peut-être ce Dîlip qu'elle
avait mentionné à plusieurs reprises. Celui-ci
avait l'air de l'agripper contre son gré. Elle non
plus n'avait rien dit, mais il avait remarqué sa
confusion et des marques sur ses bras à l'endroit
tenu par l'inconnu.

Sans doute était-il vain de chercher à contac-
ter l'inspecteur Prasad aujourd'hui. Sur le pied
de guerre depuis la veille, il était demeuré
introuvable car, bien que les défilés et pèlerinages soient chose courante en Inde, les policiers
les voient approcher sans joie particulière.
Comme le lui avait dit Prasad-le-corbeau, il fallait « organiser » la circulation. Comme si on
pouvait organiser quoi que ce soit dans ce pan-
démonium. C'était d'ailleurs le même Prasad
qui lui avait raconté que les policiers affectés à
la circulation finissaient souvent par ne pas
résister à l'envie de suivre le défilé, tandis qu'on
retrouvait parfois ivres morts dans un coin ceux
qui étaient chargés d'empêcher la vente illicite
de *toddy* ou de drogue.

Maintenant, Vasantâ s'impatientait. Ayant
oublié l'incident de la bousculade, elle ne pensait plus qu'à voir son pique-nique se dérouler
avec autant de succès qu'elle avait pris de peine
à le préparer. Avec une délectation anticipée, elle
avait déballé toutes sortes de mets secs : *pakora*,
samosa, *chiura*, et elle disposait sur des
assiettes, faites de feuilles d'aréquier assemblées

à gros points, beignets, chaussons, vermicelles de farine de pois chiche épicée, avec leurs accompagnements d'aubergines au piment, de purée de cacahuètes et de chutney au tamarin. Bien sûr, si elle avait voulu s'en tenir strictement aux préceptes, elle aurait dû n'emporter que des aliments crus et les cuire sur place, ou bien ne prévoir que des biscuits et des fruits secs, ou encore répandre de l'eau sur la route devant la voiture pendant tout le trajet ! Au diable ces exigences et prescriptions ridicules ! Tout ce qu'elle souhaitait, c'était un pique-nique réussi. Chacun aurait donc droit à une deuxième assiette contenant *uppama* et *dahivada*, semoule aux légumes et boulettes de lentilles avec coriandre, citron, piment et yaourt. Ces délices pantagruéliques, que l'on pouvait consommer debout ou assis sur ses talons, s'accompagnaient de *paratha*, pains complets frits, dont certains délicatement fourrés de purée bien relevée ou de chou-fleur croquant. Un peu bourratif ? Qu'à cela ne tienne, elle servirait avec un peu de *cachumbar*, crudités finement émincées, qu'elle était parvenue, on ne sait comment, à garder glacées malgré la chaleur de plus en plus intense.

Tout à coup, Doc se leva et alla porter celle de ses assiettes à laquelle il n'avait pas encore touché à un joueur d'*ektâr* qui se désaltérait longuement à la fontaine, son instrument fait d'une calebasse à manche de bambou posé à ses pieds. Vasantâ sourit : une autre fois, c'étaient des sandales neuves qu'il venait d'acheter que Doc avait données pour repartir lui-même avec les vieilles.

— Le *panir* est fait maison, avec le lait de Kâmadhenu, Doc !

Gourmand, mais petit mangeur et surtout vite rassasié, Doc avait cessé de goûter aux mets consistants qu'elle lui proposait et se souciait peu pour l'instant que le fromage fût fait avec le lait de leur propre vache. Il regardait la fontaine et tous ceux qui, agglutinés là, buvaient, crachaient, se lavaient, s'aspergeaient, se gargarisaient, comme s'ils étaient seuls chez eux. Il pensa à son père, à l'époque où celui-ci allait chaque jour chercher l'eau au puits du village réservé aux seuls brahmanes. Il se souvenait que l'autre puits, celui des impurs, très éloigné du leur, se signalait par un ossement d'âne. L'âne, le cheval, le chien, le chameau, on évite de les toucher même vivants. Leur contact, involontaire ou pas, ne peut être purifié que par un bain tout habillé. Quant au brahmane qui aurait la folie de monter un âne, qu'il aille sans tarder changer son cordon et qu'il évite désormais cette bévue qui le souille autant qu'un voyage en bateau ! A plus forte raison doit-on s'éloigner de ces animaux lorsqu'à leur impureté naturelle s'ajoute celle de la mort.

Doc pensait encore aux puits du village de son enfance quand il crut apercevoir au loin la chevelure flamboyante de Brian O'Hara. Mais il n'arrivait pas à voir si l'homme roux qui se déplaçait rapidement malgré la foule compacte était bien l'Américain ou un autre gars costaud aux cheveux rouges. Celui-ci avait en tout cas une allure furtive et apeurée, plutôt inattendue chez pareil gaillard, et donnait l'impression de fuir quelqu'un ou quelque chose.

Vasantâ se leva pour offrir à Doc du *shahitukra* comme dessert. Mais, toujours prompt, il était déjà hors de vue. Tant pis pour lui qui ne goûterait pas au pain perdu doré au *ghee*, assoupli au sirop, enrichi de crème fraîche et agrémenté de safran et d'amandes. Repu depuis un bon moment, Doc était allé faire quelques pas en compagnie d'Arjun.

Il n'avait encore rien trouvé et cela le tracassait. N'avait-il pas, cependant, trouvé quelque chose sans s'en rendre compte ? N'était-il pas passé tout près d'un indice que seul son subconscient aurait remarqué et qu'il suffirait de faire affleurer… mais comment ?

— Ce qui ne cesse de me turlupiner, s'exclama-t-il soudain, comme si la conversation sur le meurtre de Sumitrâ n'avait jamais cessé, c'est le mobile. Je n'arrive pas à imaginer un mobile valable.

— *Kasya phalam, kasya priyam ?*

Sans réfléchir, Arjun avait exprimé ce qu'il entendait toujours dire à Doc en pareille circonstance : « A qui le fruit, à qui le profit ? » Mais il ne suffisait pas de poser la question, même dans une langue savante, pour obtenir une réponse. Redevenu silencieux, Doc essayait de s'imaginer dans la peau du ou des tueurs. Pour ne blesser personne autour de lui, il dirigea son parapluie vers le ciel et exécuta une passe d'armes qui trahissait sa perplexité. Pour une fois, personne ou presque ne remarqua son geste offensif, tant il y avait à voir de tous côtés.

Pendant ce temps, la procession s'était transformée en gigantesque kermesse et la ville entière en véritable champ de foire. On voyait défiler des troupes de danseurs, de mimes, de travestis, de funambules. De temps à autre, retentissait la sonnerie aigrelette ou allègre d'un téléphone portable car, parmi les pèlerins, il y en avait d'assez à la page pour démentir les clichés éculés sur le pays des maharajahs et des vaches sacrées. Nombreux aussi étaient les musiciens et les joueurs de tambour, qui ne contribuaient pas peu au tumulte. Les tambours évoquèrent à Doc l'histoire du chacal affamé poursuivant partout un tambour, prêt à le dévorer parce qu'il le croit « plein de moelle », et qui se casse les dents sur ce qui n'est que « de la peau et du bois ».

— Celui qui ne sort pas, celui qui ne visite pas la terre et ses merveilles n'est qu'une grenouille de puits, c'est bien ce qu'on dit, non ?

Voilà que, jouant des fossettes, Vasantâ les avait rejoints et citait à Doc son livre préféré, sans l'avoir jamais lu en entier. Elle s'arrêta devant un étal de fleurs, d'huiles et d'essences aromatiques pour acheter au marchand, pourvu d'impressionnantes bacchantes à deux étages, un peu de musc, de camphre et d'aloès. Pour montrer qu'elle connaissait assez bien elle aussi, quoique par procuration, le fameux *Panchatantra*, elle ajouta finement :

— Pourquoi dire que les richesses n'apportent qu'affliction ? Je n'ai aucune peine, moi, à dépenser ton argent. « Quelle est l'épouse qui ne vénère pas l'époux qui donne sans mesure ? »

Fasciné par la quadruple moustache du marchand, qui surpassait à son insu le célèbre autoportrait « aux trois moustaches », Doc fit celui qui n'avait rien entendu.

L'Inde entière s'était donné rendez-vous à Mahâbalipuram et l'Inde jouait à ce qu'elle préfère : la vie de plein air, où tout se déroule en présence des autres mais, et c'est là le prodige, dans une atmosphère certes dépourvue d'intimité mais pleine de privauté. On dira avec raison que ce mode de vie tient aux circonstances et contingences, mais il serait faux de croire que cela ne tient pas également à la nature de l'Indien. Quoi qu'il en soit, tous étaient venus là pour rencontrer leurs dieux et ils entendaient ne pas perdre une miette des événements.

Le pèlerinage se doublait d'un grand marché où toutes sortes de nourritures, terrestres ou non, étaient offertes en vrac à la foule. De quoi restaurer tout un pays : jus de mangue, montagnes de noix de coco, fruits secs, graines salées, *ladu* et autres sucreries, piles de Coca et Pepsi, tas de *samosa*, *pakora*, *vada* sur des carrés de journal ou des assiettes végétales, thés et cafés au lait servis dans des gobelets d'argile qui, une fois vidés, allaient grossir les monticules de pots cassés.

Déjà des gosses dépenaillés portant de grands sacs de jute récupéraient qui l'argile, qui les boîtes vides, qui les vieux papiers. Chiens et corbeaux finissaient ensuite le ménage. Enfin venaient les *bhangi* avec leurs drôles de palanches. Nettoyeurs de latrines et constructeurs de bûchers funéraires, ils sont encore inférieurs aux autres intouchables. C'est à eux que revient toute nourriture souillée par le contact ou même l'ombre d'un non-brahmane, ou qui risque de l'être, lors d'une éclipse par exemple. Ils n'eurent pas à se plaindre des restes abondants du pique-nique de Vasantâ.

Les distractions ne manquaient pas non plus : orateurs, conteurs, bonimenteurs, colporteurs, jongleurs, guérisseurs, marchands de remèdes, tous ceux dont le gagne-pain dépend aussi de l'errance. Ici, des vendeurs de mort-aux-rats et de naphtaline, d'images pieuses, de statuettes, de boucles d'oreilles. Là, des marchands d'ustensiles en plastique, seaux en pneu, poteries, serviettes de toilette, cassettes, guirlandes, billets de loterie. Impossible d'arriver à tout voir, à tout énumérer.

Une équipe de cinéastes européens, apparemment médusés par le spectacle, tentait de s'installer pour filmer. Une grande bringue qui se prenait pour une Indienne, à voir sa tenue et ses gestes calqués sur ceux des indigènes, donnait des directives contradictoires à quelques techniciens encombrés et ahuris. Visages grêlés, moignons turgescents, membres difformes, yeux morts, la variété des mendiants rassemblés là laissait ces étrangers bouche bée. Toutes les corporations – estropiés, mutilés, contrefaits, aveugles, culs-de-jatte, lépreux, manchots, pieds bots, hommes-troncs, unijambistes, acromégales, nains aux têtes démesurées – s'apprêtèrent à défiler, emmenée chacune par un chef des plus représentatifs. Parmi ceux qui organisaient la marche des mendigots, une vive discussion s'éleva soudain. Surpris, les gens prêtèrent l'oreille car on ne comprenait rien à ce qui se disait dans l'argot des gueux. C'est que le narquois, certains l'apprirent alors, est une langue chèrement acquise mais totalement hermétique.

Sans trêve, marchandises et pièces de monnaie continuaient à changer de mains. Migration d'une autre espèce illustrant bien la notion de changement perpétuel cher à la mentalité indienne. Et bien entendu à celle de Doc, qui ne passait pas un jour sans évoquer ce phénomène de mouvement perpétuel. *Parinâma*, que l'on pourrait illustrer par le film au ralenti de l'éclosion d'une fleur, imperceptible à l'œil nu. La mort même fait partie du mouvement : elle qui paraît arrêter le souffle, donc la vie, ne fait que prendre le relais, mettant en route le processus de décomposition, de transformation et, si l'on y croit, de mouvement vers la renaissance. « Ce monde merveilleux vient de naître, en un instant il meurt, le temps d'un souffle il renaît. » Le pouvoir destructeur du temps n'existe que pour faire place à son pouvoir créateur. Chacun ici en était persuadé qui, peu soucieux du temps qui passe, ne le voyait que sous la forme d'âges cosmiques de plusieurs millions d'années, entraînant le monde de dissolutions en créations, les renaissances successives favorisant, elles, l'accomplissement du salut individuel.

Tout le monde connaît l'histoire : du barattage de la mer de lait naquit l'ambroisie divine, le nectar d'immortalité. D'après la légende, les dieux vaincus par les démons, mais protégés par Vishnu, jetèrent des herbes sacrées dans la mer de lait et se servirent d'un mont magique, posé sur Vishnu sous la forme d'une tortue, ainsi que d'un serpent mythique, en guise de corde, pour baratter cet océan lacté. Si cette folle entreprise produisit bien l'*amrita*, l'ambroisie apparue dans la coupe que tenait le médecin des dieux, il en sortit aussi d'autres trésors. Animaux sacrés, nymphes célestes destinées au plaisir des dieux ; déesses de la beauté, de l'amour, de la fortune ; un arbre à parfumer le monde ; le poison *kâlakûta* que Shiva avala pour l'empêcher de brûler l'univers, jusqu'à en avoir la gorge bleuie ; un croissant de lune dont il enjoliva son chignon d'ascète… Les démons furieux furent, eux, privés par divers stratagèmes de ce nectar d'immortalité, tout comme on les frustra des nymphes.

Eh bien ! à Mahâbalipuram ce jour-là, l'étranger à qui on venait de raconter la légende de ce célèbre barattage à l'origine d'une partie de la Création, se demanda si on n'assistait pas ici à un nouveau barattage de l'océan de lait. De partout surgissaient enfants, animaux, musiques, fumées, odeurs. Les haut-parleurs beuglaient ; les enfants des écoles chantaient ; les tout-petits attendaient en hurlant dans des garderies improvisées ; leurs aînés tentaient de faire courir des vaches pour passer à travers la poussière sacrée soulevée par leurs sabots et s'attirer ainsi des mérites à moindres frais ; des chiennes trottaient, allaitaient, mettaient bas, ingurgitaient prestement les excréments des enfants accroupis. Sans se gêner, les corbeaux se servaient aux étalages. Une vache couchée s'adossait à une grosse moto. Ou bien était-ce l'inverse ? Des buffles s'allongeaient dans les flaques des fontaines, des scooters se faufilaient en klaxonnant. Chacun caressait en passant les vaches indifférentes, n'importe où sauf sur le museau, rendu impur par un vilain mensonge proféré par l'une d'elles, il y a très, très, longtemps.

Tout se mélangeait. Ethnies, classes sociales, pauvres et riches, hommes et bêtes. Tradition et actualité. On se sentait bien, à l'aise, à sa place, chez soi. Sans façon, on marchait, mangeait, dormait, discutait. On lavait un enfant ou un vêtement, on allumait un petit feu, on priait, chantait, dansait, expectorait, se chamaillait. Le temps ne comptait toujours pas.

La marée humaine finit par s'écouler tout entière vers l'océan. Par bonheur, parmi les fidèles comme parmi les meneurs, malgré quelques malaises, personne ne mourut d'épuisement. Personne ne tomba écrasé sous les énormes roues des chars, comme dans les récits des temps anciens. Personne ne fut blessé par les cordes ou les crochets fixés aux chars, et les lourds véhicules de bois promenèrent images et statues sacrées du Seigneur Jagannâtha en procession jusqu'au rivage. On les immergea ensuite solennellement, au beau milieu des milliers de baigneurs dont l'ardeur et la ferveur semblaient ne devoir s'éteindre qu'à l'aurore.

Chapitre 7

Peu de temps après la fête, Prasad avait fait à Doc une bonne manière, une « fleur », comme il le lui avait dit lui-même de son air de corbeau guindé aux yeux cernés par la fatigue des jours passés.

— Puisque vous continuez à vous demander si ces deux touristes étrangers ne seraient pas pour quelque chose dans ce meurtre, j'ai réussi à mettre la main sur l'Américain dont vous pensiez qu'il se cachait ou fuyait quelqu'un, le jour de la procession, et qu'on n'avait plus revu par ici. J'aimerais que vous soyez présent quand je l'interrogerai.

Ils avaient devant eux un grand lascar aux cheveux roux en brosse, qui ne savait pas trop à quoi s'en tenir. Cherchant à comprendre la raison de sa convocation, Brian O'Hara examinait à tour de rôle le flic-corbeau et le petit homme vif au parapluie. Il se passa une main dans les cheveux et décida de se jeter à l'eau.

— Comme je ne l'ai pas trouvée à la fête, je me suis renseigné auprès de son ami d'enfance

99

qui, entre nous, n'est pas commode, et j'ai appris que cette fille, Sumi, la jolie marchande de coquillages, s'était noyée et que vous me recherchiez, avec d'autres. Est-ce qu'elle a été tuée ?

Brian se troubla sous le regard rond et faussement étonné du flic.

— Noyée, tuée, vous en savez des choses, coupa Prasad qui avait quelque mal à comprendre l'accent américain du jeune homme. Vous rechercher, c'est beaucoup dire. En fait, je sais depuis longtemps déjà que vous avez décidé de démarrer ici un petit bizness. J'imagine que si vous aviez quelque chose à vous reprocher, vous seriez loin.

O'Hara se détendit. Il leva les deux bras, agita les mains en signe d'accord et de paix, et opina en disant :

— Je voulais ouvrir une école de surf, mais je me demande si les vagues sont assez puissantes sur ces plages-ci. De plus, il y a trop de rochers et puis les gens ne sont peut-être pas encore tout à fait prêts pour ce genre de sport.

Doc détaillait le garçon à la large carrure et aux yeux clairs. Ascendance irlandaise, beau gosse, il le trouvait tout à fait sympathique et le plaignait pour le sacré coup de soleil qui lui embrasait le visage. En présence de Blancs, Doc avait parfois éprouvé un complexe passager à cause de sa peau foncée – après tout, même Pârvatî, la bien-aimée de Shiva, parce qu'elle était insatisfaite de sa peau brune, a pratiqué, c'est connu, des austérités afin de s'éclaircir le teint et d'obtenir le surnom enviable de Gaurî, Dorée –,

100

mais la peau à vif de Brian ne lui faisait pas regretter son teint sombre. Tout de même, cet Américain était peut-être étonné de dépendre de deux hommes si noirs de peau. En fait, O'Hara, qui savait les Indiens procéduriers, moqueurs, paperassiers et quelque peu sadiques, ne pensait pas à la couleur de leur peau. Il craignait seulement pour son permis de séjour et se préparait à toutes les tracasseries.

— Alors, vous pensez partir ?

Trois quarts flic, un quart corbeau, Prasad, lui, ne laissait aucune place aux sentiments.

O'Hara hésita avant de répondre. Ses yeux clairs allaient de l'un à l'autre. S'il voyait nettement qui était Prasad, il situait beaucoup moins bien l'homme au parapluie.

— Je crois que je vais aller à Pondichéry. Le *Frenchy* a dit que les vagues… heu… que là-bas l'océan…

Il se reprit, gêné :

— Je veux dire Paul, le Français. Il est là-bas et il affirme que les vagues sont géniales pour le surf et que beaucoup de touristes seraient ravis d'en faire. J'ai envie d'aller voir ça de plus près.

L'œil rond et brillant du corbeau exprimait toujours le même étonnement ironique.

— Ainsi, le jeune Français se prélasse sur les plages de sable fin de Pondi sans se soucier des policiers qui aimeraient bien lui causer un peu. C'est bien ça ?

Les mâchoires d'O'Hara se contractèrent. Ces Indiens commençaient à lui taper sur les nerfs mais il ne devait pas le montrer. Le petit homme à la belle gueule, que faisait-il ici ? Avec une gueule pareille, chez lui, on faisait à coup sûr du cinéma. Il fit un effort pour répondre aimablement.

— Oh non ! il ne se prélasse pas… – l'accent, délicieux aux oreilles de Doc, était détestable à celles de Prasad – il est à votre disposition, prêt à venir quand vous le voudrez. Il me l'a dit, je vous assure.

Il venait de réaliser soudain que Paul Miron pouvait être soupçonné du meurtre et ajouta précipitamment :

— Oh non ! Paul, c'est quelqu'un de très doux. Il est totalement incapable de faire une chose pareille ! Sumi nous plaisait bien à tous les deux et on a tenté notre chance. Mais elle nous trouvait peut-être trop jeunes et ça n'a pas marché, alors on est devenus copains. C'est tout. D'ailleurs, vous pourrez vérifier que nous étions tous les deux à Pondichéry quand on l'a tuée. Paul est très pacifique, il milite pour la non-violence, il pratique le yoga…

Il se tut, car il venait de comprendre que ces derniers arguments n'étaient absolument pas faits, bien au contraire, pour convaincre le policier de l'innocence de Paul. Les adeptes de la non-violence le sont peut-être parce qu'ils redoutent leur propre violence. Quant au yoga, que peuvent bien y comprendre les étrangers si la plupart des Indiens savent à peine ce que c'est ? Le silence dura un bon moment. Perdu dans ses réflexions, le jeune Américain finit par ajouter, devenu tout à coup très grave :

— Pauvre Sumi, elle n'a vraiment pas eu de chance !

— En admettant que vous vous soyez trouvé à Pondichéry avec Miron le jour du meurtre, ce qui ne sera pas difficile à vérifier, il me semble que vous êtes quand même un peu trop bien renseigné sur le moment où cette fille a été assassinée. Je vous aurai à l'œil.

Sans trop y croire lui-même, Prasad cherchait encore une fois à mettre O'Hara mal à l'aise et à le tourmenter.

Puisque les deux étrangers, si leur alibi était vérifiable et tenait la route, semblaient pour le moment hors de cause, Doc se dit en quittant Prasad qu'il n'avait plus qu'à reconstituer les autres activités que Sumitrâ avait seulement mentionnées sans jamais donner de détails. C'est alors qu'il pensa à l'amie du Kerala, celle qui militait contre la prostitution et le travail des enfants. Il ne pouvait se défaire de l'impression que tout cela n'avait pas existé, que c'était comme un conte qui avait mal fini.

Itihâsa. « Il était une fois ». C'est ainsi que commence cette représentation théâtrale d'un genre particulier, nommé *harikathâ*. Un seul acteur raconte l'histoire ou la pièce, interprétant tous les rôles, et il joue d'un instrument pour souligner son récit. La fois où il y assistait et où Sumitrâ l'avait rejoint, elle buvait les paroles de l'homme et, même si elle paraissait tout savoir par cœur, son enthousiasme faisait plaisir à voir. Elle aurait dû devenir actrice et ses parents n'auraient sans doute pas demandé mieux. Il avait alors pensé à lui demander pourquoi elle ne l'était pas devenue, mais il ne l'avait pas fait. Brusquement, il se dit que, s'il en avait parlé avec elle, il aurait peut-être obtenu une explication qui lui serait utile à présent. Mais pourquoi cette idée ?

Il se rappela ensuite cette séance de marionnettes avec elle et les enfants. Comme il s'agissait d'un épisode du *Mahâbhârata* qu'elle connaissait, elle avait préféré aller regarder le montreur de l'autre côté du drap. Dans la région, les montreurs de marionnettes ont une spécialité : ils portent une sorte de coiffure d'où partent tous les fils qui leur servent à animer les personnages et leurs manipulations, bras levés au-dessus de la tête, tiennent du prodige. Les enfants n'avaient jamais oublié cette séance. Doc non plus, qui trouvait toujours divertissants les spectacles de rue. Il y repensait en se promenant et le discours qu'avait tenu Sumitrâ en les quittant ce jour-là lui revint en mémoire.

— Le personnage que j'aurais préféré incarner finalement, c'est Draupadî.

— Mais n'a-t-elle pas terriblement souffert ?

— Peut-être, mais même si, comme la sienne, ma vie a tenu à une partie de dés, elle au moins a eu cinq époux, alors que je n'en aurai jamais l'ombre d'un !

Une moue charmante avait démenti ces paroles, qui auraient pu passer pour de la coquetterie et constituaient, en tout cas, l'unique confidence de Sumitrâ sur sa vie privée et ses désirs. Elle avait choisi une héroïne du *Mahâbhârata*, l'autre épopée célèbre qu'elle connaissait aussi mais peut-être un peu moins bien que le *Râmâyana*. Draupadî. Une princesse mariée aux cinq frères du clan des Pândava. Leurs cousins ennemis, les Kaurava, lors d'une partie de dés truquée, leur enlèvent leur royaume et humilient leur épouse commune. Aussi la malheureuse Draupadî doit-elle vivre un dégradant exil avec ses époux. On ne peut pas dire que ce soit un sort enviable, et pourtant Sumitrâ, tout en prétendant plaisanter, avait eu l'air de le lui envier. Pouvait-on voir là une quelconque piste à suivre ?

Peut-être faudrait-il en effet creuser de ce côté-là.

Ce que représentait Draupadî dans l'inconscient collectif avait sûrement un sens dans la destinée de la défunte. Dans cette épopée, comme dans la plupart des histoires, la femme est identifiée, symboliquement, à la terre que l'on doit conquérir, faire fructifier puis protéger. La terre, forte et prospère, mais fragile aussi car constamment menacée par les catastrophes naturelles aussi bien que par des invasions. Comme Draupadî, Sumitrâ n'avait pas été assez protégée. On l'avait même jouée et perdue aux dés. Simple passe-temps d'ordinaire, que l'on voit parfois se transformer en élément primordial pour le destin de la terre, ou de la femme, dans les moments troublés. A plusieurs reprises, Sumitrâ s'était retrouvée l'enjeu involontaire d'une partie serrée.

Perplexe, Doc, après avoir exécuté trois vigoureux moulinets, se fendit très bas pour porter l'estocade finale, au grand étonnement des enfants qui jouaient au bord de la route au *pallankulli*. Parmi eux, il reconnut le gosse aux jambes interminables. Celui-ci le suivit des yeux aussi longtemps qu'il le put. Si bien que son partenaire dut le rappeler à l'ordre.

— Alors, l'Echassier, tu joues, oui ou non ?

L'attaque en règle à laquelle il venait de se livrer avait redonné à Doc toute son énergie. Il sourit en entendant le surnom approprié du garçon. Une idée lumineuse vint renforcer son excellente humeur : un de ses amis de Kânchîpuram collectionnait tous les grands quotidiens depuis des années et les tenait dans un ordre impeccable. Cela lui permettrait peut-être, puisque Prasad avait dit qu'il serait trop occupé ces jours-ci pour se consacrer à leur affaire, d'avancer un peu et de trouver quelque chose sur les pickpockets, Kiran Bedi, les associations en faveur des enfants, bref le monde que Sumitrâ avait paru fréquenter.

A l'époque, il n'y prêtait guère attention, mais il se souvenait maintenant des regards qu'on leur lançait lors des quelques rares promenades qu'ils avaient faites ensemble. Comment avait-il pu ne pas comprendre qu'on jasait sur eux ? Etait-ce vraiment parce qu'il la considérait comme une enfant, ou parce qu'il se souciait peu en général de l'opinion des autres ? Agacé, il sentit sa main se crisper sur le manche de son parapluie. C'était une charmante fille, encore une enfant spontanée et rieuse, une petite marchande de bimbeloterie dont la compagnie était agréable et rafraîchissante. Elle le distrayait, il lui apprenait des tas de choses, Vasantâ la gâtait et les enfants l'adoraient, voulant accompagner leur père chaque fois qu'il venait dans les parages voir un patient ou rencontrer des amis.

Pourquoi ne pas reconnaître cependant que, même si c'était toujours en coup de vent et à l'occasion d'autres activités, voir Sumitrâ lui causait un réel plaisir ? L'énergie de cette fille, son mystère et son charme sensuel n'étaient pas pour lui déplaire. Elle avait tout de la *shakti*, il revenait sans le vouloir à ce qualificatif chaque fois qu'il pensait à elle. Mais lui n'était ni Vishnu, ni Shiva, ni Brahmâ, ni même un dieu secondaire, et elle n'était la *shakti* d'aucune divinité mâle. On aurait été tenté de dire, si cela présentait le moindre sens, qu'elle était sa propre *shakti* et qu'elle utilisait cette fameuse énergie pour son propre compte.

Tout de même, il aurait dû comprendre qu'à force de le rencontrer, même brièvement, cette fille s'était peut-être fait des illusions sur la tournure qu'auraient pu prendre leurs relations. Il n'ignorait pas que les femmes ne résistaient jamais bien longtemps à son sourire charmeur.

Oui, mais voilà, il n'avait jamais considéré Sumitrâ comme une femme.

Doc haussa les épaules. Toutes ces élucubrations étaient absurdes au plus haut point. C'était plutôt aux causes de son décès qu'il fallait réfléchir maintenant. Née dans une famille pauvre, au métier vagabond, Sumitrâ avait certainement constitué très tôt une gêne pour ses parents et ils avaient dû chercher à s'en débarrasser dès que possible. Sinon, que signifiait la réflexion du père rapportée par des voisins : « après ce qu'elle nous a coûté » ? Cette phrase lui revenait souvent à l'esprit comme un indice possible, mais de quoi ? La mort violente qu'avait eue la pauvre fille prouvait assez bien le genre de vie qu'elle avait dû mener, pendant un temps du moins. Car Doc persistait à croire que l'existence de Sumitrâ avait changé de cours à un moment donné et que c'était ce revirement, et non pas des mœurs dépravées, qui lui avait coûté la vie. De près ou de loin, elle était liée au monde de la drogue, comme le prouvait celle qu'elle avait dans le sang et les viscères après sa mort. Mais de quelle nature étaient ces liens ? Une partie du mystère résidait là, comme peut-être dans la phrase du père ou encore dans le choix de Draupadî comme héroïne de prédilection.

L'inspecteur Prasad, décidément sympathique et finalement assez compétent, après plusieurs interrogatoires dans l'entourage de la défunte, pensait de plus en plus à l'action d'un gang étranger à la région. Il se disait aussi résolu à retrouver ces truands dès qu'il en aurait le temps. Tant qu'il s'agissait de dealers ou de petits gangsters, certains policiers consentaient à s'agiter. Si cela devait remonter plus haut dans la hiérarchie de la pègre, en revanche, le chef de la police aurait vite fait de calmer le jeu en mettant des bâtons dans les roues à Prasad. Mais on n'en était pas là. Pour le moment, il fallait scruter les faits divers remontant à quelques années et aussi retrouver cette fille du Kerala. Il avait tout le temps de le faire en attendant que Prasad fût à nouveau disponible. Cela ne devait pas présenter de difficulté insurmontable.

Le jour déclinait rapidement et tandis qu'il s'engageait dans la ruelle sombre où il avait laissé sa voiture, Doc se sentait insatisfait. Ah ! s'il avait eu le temps de s'entraîner un peu au *kalari*, il aurait pu retrouver des pensées claires et calmes. Il essaya de se concentrer pour chasser tous les détails sur le meurtre qui lui encombraient l'esprit. Mais, tels des singes bondissant de branche en branche, ses pensées en profitèrent pour se disperser un peu plus et l'emmener contre son gré ici et là. Dans la palmeraie où il avait découvert la poésie amoureuse. Dans cet hôtel de Bangalore où il avait appris la mort d'Indîrâ Gândhî. Dans cet hôpital pour enfants malades. Dans le lit de Vasantâ, lorsqu'elle dénudait la fine cicatrice blanche en forme de minuscule losange qu'elle avait sur…

En proie à un désordre mental inhabituel, il n'était pas assez en alerte pour entendre les pas dans son dos. L'homme le frappa si rudement à l'omoplate qu'il en perdit presque le souffle et l'équilibre. Prompt comme un félin, il se retourna cependant tout en pliant très bas les genoux. Surpris par cette drôle d'attitude, son assaillant, dont il remarqua le crâne rasé et le visage dissimulé par un foulard, baissa la tête. Doc en profita aussitôt pour bondir très haut et lui administrer sur la nuque un coup sec et précis avec le tranchant de la main. Car, pour une fois, il était trop près de l'adversaire pour utiliser son parapluie comme canne de combat. L'individu laissa échapper un *Ha !* long et profond. Ses jambes se dérobèrent sous lui et il s'étala de tout son long, le corps mou comme une chiffe. Une main sur son précieux parapluie, Doc s'accroupit prudemment près de l'homme évanoui et constata que celui-ci avait les yeux blancs.

— Cette fois, je me tenais sur mes gardes, devait-il déclarer plus tard à Arjun – à lui, il pouvait tout avouer, y compris que sa vigilance était émoussée – car je sais que ce genre d'évanouissement peut être très bref. J'ai soulevé le foulard pour qu'il puisse respirer, puis j'ai fortement enfoncé mes pouces dans les paumes de ses mains toutes molles à l'endroit voulu. Quand il est revenu à lui, la peur et la haine se lisaient dans son regard.

L'absence de cheveux et le foulard sur le nez rendaient l'identification incertaine mais, sans lui en dire plus, Doc confia à Arjun qu'il avait sa petite idée.

— La perte de conscience n'a pas duré plus de trente secondes. Après, bien que très faible, il a tout de suite cherché à se redresser. Mais je l'ai maintenu au sol un bon moment jusqu'à ce que son pouls soit plus stable. Quand je l'ai laissé partir, il n'a pas demandé son reste, mais il marchait avec difficulté et n'arrêtait pas de se frotter la nuque.

Arjun savait que Doc n'avait porté ce coup généralement sans merci que parce qu'il n'avait pu parer l'attaque. De même qu'il savait que son ami, dans la mesure du possible, ne frappait jamais sans appliquer ensuite lui-même l'antidote. Tout cela, selon les règles inflexibles du *kalaripayatt*. Deux détails intriguaient Arjun : Doc avait laissé repartir ce type sans un mot d'explication. Et, s'il l'avait bien compris, il n'avait pas l'intention de mettre l'inspecteur Prasad au courant de cette agression. En tout cas, si le lendemain ou les jours suivants le bonhomme s'était montré, plus d'un avait dû le voir se masser la nuque interminablement.

Chapitre 8

Elle l'aurait embrassé, le jour où il avait dit d'un air songeur et admiratif : « les femmes, bâtisseuses de l'Inde ». Lorsqu'elle se remémora ces mots, sous l'ambre de sa peau, une rougeur diffuse vint colorer ses traits. Elle aurait voulu l'embrasser, et pourtant, elle n'en aurait jamais eu l'audace. L'audace était impardonnable d'y penser seulement. Et si elle l'avait eue, il l'aurait repoussée et serait parti horrifié pour ne plus jamais revenir.

Ce jour-là encore, il devait lui remettre une lettre de Lakshman et, arrêtés devant un chantier de construction, ils regardaient la kyrielle de femmes portant chacune sur la tête un panier rempli de pierres ou de ciment et montant l'une après l'autre à l'échafaudage de bambou pour livrer les matériaux de construction. D'autres ouvrières cassaient des cailloux sur le bord de la route en chantant et en interrompant leurs bavardages de fréquents éclats de rire. Des bébés nus jouaient autour et à tout moment l'une d'elles venait jeter un coup d'œil à la marmaille. Malgré

112

la dureté de leur tâche, la plupart de ces femmes arboraient de seyantes tenues de couleur vive. A leurs bras, à leurs chevilles et à leur cou, scintillaient des bijoux de verroterie du plus bel effet et il fallait être indien pour ne pas s'étonner de les voir porter avec aisance de telles tenues pour un tel travail.

Comme tout bon Indien, Doc admirait la beauté indéniable des femmes de son pays et il voyait en chacune d'elles non seulement la « mère », mais aussi la gardienne du foyer qui transmet les usages et reste la garante la plus sûre de tous les secrets du quotidien. Jamais il ne les avait tenues pour « inférieures » et il les considérait comme la source de la vie et le symbole de l'amour, deux statuts qui leur conféraient une place de choix dans la société indienne aussi bien que dans son esprit. C'était donc avec sincérité qu'il les disait « bâtisseuses de l'Inde », et ce terme n'impliquait pas pour lui la construction seulement. L'Inde aime ses femmes. Que d'héroïnes, que de monuments pour les honorer ! Que de livres, de poèmes, pour les glorifier ! Et ce n'est pas le moindre des paradoxes dans un pays où le sort de la majorité des femmes reste peu enviable.

Il avait donc exprimé de l'admiration pour ces travailleuses du bâtiment et elle l'aurait volontiers embrassé pour cela, et pour d'autres raisons qu'elle s'interdisait de formuler. Car, se disait-elle, si tout le monde a droit à l'amour, l'amour heureux, partagé, est réservé aux divinités ou aux gens exceptionnels comme Doc et Vasantâ, par exemple. Vasantâ, qui avait eu la chance d'accomplir avec Doc le rituel matrimonial des sept pas. « *Saptapâdi*, pour te dire, mon aimé, que désormais je suis tienne. » Aucune femme ne prononce cette phrase, puisque seul l'homme parle au cours de ce rituel, mais peut-être certaines le font-elles mentalement, se disait-elle. Le bonheur en amour, ce n'est pas une question de caste, mais plutôt de destinée, et qu'est-ce qui détermine la destinée si ce n'est la somme des vies antérieures ? Avec les mérites et les fautes qui ont jalonné toutes ces réincarnations sans fin. L'amour n'existe pas en dehors du karma, et il ne fait que s'accorder à « l'ordre des choses », au *dharma*. Elle admettait ces principes, celui des mérites antérieurs comme celui de la loi d'harmonie universelle… mais elle, Sumitrâ, en quoi avait-elle démérité au cours de ses vies antérieures pour ne pas connaître l'amour, et en tout cas ne jamais connaître celui de Doc ? Elle ne le saurait jamais.

Cependant, elle se consolait en se disant que même les amants qui partagent une passion commune sont loin d'être toujours heureux et de pouvoir vivre ensemble. Si l'on songe ne serait-ce qu'à Râma et Sîtâ, que d'épreuves ils doivent traverser avant d'être enfin réunis. Si elle avait été Sîtâ, séparée de Râma-Doc et prisonnière des démons, avec quelle fièvre elle aurait attendu sa délivrance par Hanumân, le roi des singes !

Justement, cela lui évoquait cette scène du *Râmâyana* qu'elle appréciait beaucoup, celle de l'ordalie de Sîtâ. Celle-ci, après avoir été enlevée à Râma par le démon Râvana, est rendue à son époux à l'issue d'une bataille épique. Malgré son amour fou pour elle, Râma ne peut transgresser la coutume qui exige que l'on ne reprenne pas une femme ayant vécu, même contre son gré, auprès d'un autre homme. Sauf si l'ordalie par le feu prouve à tous l'innocence de la femme. C'est la scène magnifique au cours de laquelle l'actrice incarnant Sîtâ déploie tout son art pour convaincre son époux, et surtout le public, de sa pureté. Seuls ses gestes et ses mimiques indiquent qu'elle monte sur le bûcher et marche sur le feu, tous deux imaginaires. Elle ne craint pas le feu puisqu'elle se sait sans reproche, mais elle doit tenir en haleine les spectateurs effrayés. Puis on doit comprendre, grâce à son jeu et à celui de ses partenaires, que les flammes ne la touchent pas et qu'elle va sortir victorieuse de la terrible épreuve. Le public vit toujours cette scène dans les affres et son soulagement est ensuite à la mesure de ses émotions.

Depuis son enfance, Sumitrâ connaissait tous les trucs du jeu théâtral destinés à amplifier le suspense jusqu'à son extrême limite, jusqu'à la limite supportable pour le spectateur. Elle vivait au milieu de la troupe qui employait ses parents et elle pensait alors que, comme eux, elle ferait du théâtre et rien d'autre. Petite, elle connaissait déjà tous les rôles et on la disait douée. Mais son

père, sachant sa femme jalouse de Sumitrâ
qu'elle regardait comme une rivale, l'avait forcée à renoncer à ce métier. Et le moyen qu'il
avait employé, cette partie de dés qu'il avait perdue et dont elle était l'enjeu, la rapprochait plutôt de Draupadî que de Sîtâ. Du théâtre, elle
avait juste conservé le goût et la nostalgie. Loin
du théâtre, elle avait juste gardé l'habitude d'être
quelqu'un d'autre en apparence.

Pourquoi Doc, qui connaissait son goût prononcé pour le spectacle, ne lui avait-il jamais
posé de questions là-dessus ? Parce qu'il était
loin de certaines réalités, enfants vendus, dor-
meurs des rues, chiffonniers des villes ? Pourtant, au moment même où elle se tenait ce
discours, elle savait qu'elle se trompait et se
montrait injuste envers lui : personne n'était plus
au fait des réalités que Doc. Il respectait simplement sa vie privée, son passé et ne faisait qu'imiter l'extrême discrétion qu'elle montrait en tout.
Ce ne pouvait être que cela.

Les questions, c'était elle qui n'arrêtait pas
d'en poser, on le lui avait assez reproché.
« N'en demande pas trop, Gârgî ! » Ils avaient
tous ri quand il lui avait lancé cette phrase et
Arjun avait dû expliquer aux enfants que, dans
une *upanishad*, c'était ce que le *rishi* Yâjnaval-
kya avait répondu à Gârgî lorsqu'elle n'était
encore qu'une philosophe en herbe et ne cessait
de lui poser des questions sur la réalité ultime.
Pourquoi le sage légendaire avait-il, à une
époque, répugné à parler de choses sérieuses

avec Gârgî ? Voilà qu'elle posait encore une question !

Elle en était là de ses réflexions, quand tout à coup elle trébucha sans raison et ne put s'empêcher d'y voir un mauvais présage.

Quel mauvais présage ? Décidément, c'était ridicule d'être aussi superstitieuse. D'ailleurs ne dit-on point que, comme une piqûre d'aiguille évite la pendaison, un faux pas empêche une chute ? Elle haussa les épaules mais aussitôt après elle frissonna en pensant à son jeune frère. Il ne devait rien lui arriver. En ce qui la concernait, elle savait depuis longtemps que la mort accompagne la vie. Ce que certains apprennent par la religion ou la philosophie, elle l'avait appris par la simple expérience de tous les jours. Aussi avait-elle acquis, comme ceux qui étudient auprès des sages, un certaine indifférence face à la mort, une bonne dose d'équanimité, une apparente dureté. N'était-ce pas ainsi qu'on aurait pu décrire le caractère de Doc, forgé par l'étude intensive de la tradition ? Lui, son éducation le mettait à l'abri de toute sentimentalité ; elle, les duretés de la vie l'en avaient éloignée. Mais ni l'un ni l'autre n'était conscient de cette similitude entre eux et sûrement pas Doc, qui ne voyait peut-être pas en elle une graine de philosophe. Ce qu'il ne savait pas, mais qui lui viendrait sans doute à l'idée un jour en repensant à elle, c'était cette différence entre eux : lui avait reçu de ses maîtres le sens à donner à la vie ; elle, c'était en se débattant qu'elle avait cherché un sens à la vie et qu'elle l'avait trouvé.

Son expérience lui avait donné la force de s'engager dans une lutte. Et cette lutte, elle savait que c'était le seul moyen pour elle de guérir de son enfance. « Transformer la douleur en combat », où avait-elle entendu ces mots ronflants ?

Sumitrâ s'arrêta pour regarder le ciel. Les épais nuages amoncelés à l'horizon se déplaçaient maintenant à vive allure et le vent ployait palmes et cocotiers. Elle laissa un instant l'air chaud emmener loin d'elle un pan de son sari et soulever ses cheveux. Elle souriait en y songeant : depuis des siècles, c'était la même histoire, le même sort pour les brahmanes et les femmes. Les brahmanes, épris de pureté, dépositaires du savoir, jouissant de tous les avantages dus à la caste la plus noble. Et pourtant, lui, ne se montrait-il pas aussi peu tatillon que possible ? Il portait son cordon, certes, et ne mangeait pas n'importe quoi n'importe où, mais il ne se révélait ni borné, ni intolérant dans ses fréquentations et ses propos. Après tout, elle commençait à comprendre pourquoi on dit souvent que les hautes castes connaissent finalement plus de contraintes et de responsabilités que de privilèges, ou que celles-là sont à la hauteur de ceux-ci. Et pourquoi la plupart des gens issus des basses castes disent ne pas envier les brahmanes, ou bien se bercent de l'illusion qu'eux aussi appartenaient à la caste brahmanique dans un lointain passé mais en furent déchus par la faute d'un mauvais karma. Une chose était sûre, elle ne laisserait plus personne médire des brahmanes. Dressée à les haïr, voilà maintenant qu'elle les défendait !

Elle souriait toujours, laissant le vent s'engouffrer dans sa jupe et caresser ses jambes. Les femmes, oui, considérées comme des déesses et traitées comme des esclaves. Et quand on ne les tenait pas pour inférieures, on ne pouvait par tradition les imaginer autrement que dépendantes. Pourtant, quel chemin elle avait accompli ! Plus jamais elle ne serait esclave ou dépendante et, grâce à elle, d'autres, de plus en plus nombreuses, ne le seraient pas du tout. D'un geste brusque, pour arrêter cette vague de fierté qui allait déferler ou pour souligner sa détermination farouche, elle ramena le pan de son sari qui flottait au loin et en recouvrit ses mèches ébouriffées. Pourvu que la mousson n'arrive pas trop à l'avance pour ne durer ensuite que trop peu de temps. Elle resta longtemps immobile à contempler l'océan devenu presque noir et à écouter mugir le vent.

N'achetez jamais de mangues trop mûres et sans fermeté, elles ne sont pas bonnes, pas plus que celles qui seraient tavelées ou blettes. En revanche, celles qui ont une peau dorée et assez épaisse, avec des roseurs diffuses, peuvent se révéler exquises. Mais elles peuvent aussi réserver de mauvaises surprises à celui qui n'est pas expert ou se montre trop confiant envers le vendeur. Il faudrait toujours les choisir soi-même. C'est que si on ne s'y connaît pas du tout, on peut aisément vous vendre des *gulab-khas* pour des *langrâ*, sous le prétexte que les deux variétés poussent au Nord ! Car les variétés de mangues, ce n'est pas ce qui manque. Elles sont innombrables et leur forme, leur couleur, leur taille, leur consistance, leur parfum et, bien sûr, leur saveur ne sont jamais les mêmes. Il ne faut surtout pas oublier les petits mangos verts, à peau très fine, durs comme la pierre, dont on fait de savoureux chutneys, toujours un peu âpres ; pas plus que les *alphonso* de la côte occidentale à la pulpe jaune d'or – les meilleures du monde – ou les *malgoa* qui poussent au Sud sans réclamer le moindre soin. Les régions, les saisons en produisent chacune une ou plusieurs sortes, ce qui fait qu'à chaque temps de l'année correspond au moins une variété renommée dans tout le pays et attendue partout avec impatience par les amateurs.

— Je déteste celles qui sont molles comme des joues de vieille femme – mais parlez-moi de celles, roses et rebondies, qui ressemblent aux joues des jeunes filles – ou les cuivrées qui me font irrésistiblement penser à un Anglais qui a cuit trop longtemps au soleil. Mes préférées restent incontestablement celles dont le vert vif mêlé de rouge sang rappelle le plumage du perroquet. Charnues, juteuses, goûteuses à souhait... elles fondent dans la bouche. Et leur forme la plus classique, rebondie et se terminant en une pointe qui rebique d'un côté, a-t-on jamais vu pareille perfection ? Je me dis souvent qu'on ne saurait rêver plus délicate attention que ce jardin des mangues offert au Bouddha par la courtisane Âmrapâlî lorsqu'elle délaissa le roi et la cour pour devenir sa disciple, vous ne trouvez pas ?

L'homme qui venait de terminer cette tirade sur les mangues par un léger éclat de rire se renversa en arrière dans son fauteuil et regarda avec gourmandise le verre rempli d'un liquide doré qu'il tenait à la main. Même assis, il paraissait immense et ses yeux très bleus faisaient comme deux trous lumineux, remarquables dans son visage sombre. Il portait les cheveux très courts, presque ras, mais on les devinait tout blancs. Doc ne pouvait détacher son regard de cette extraordinaire couleur d'yeux. Il avait beau savoir que son ami Tilak appartenait au clan des brahmanes *Chitpâvan*, originaires du Mahârâshtra, qui se caractérisent souvent par une haute stature et des yeux verts ou bleus, chaque fois qu'il se retrouvait en face de lui, il éprouvait la même fascination.

— Que dites-vous de cet *âmras,* Doc ? Savez-vous que c'est une spécialité de chez nous, un délice typiquement marâthi, bien qu'on en boive partout maintenant ?

Tilak désignait le jus de mangue agrémenté de poudre de cardamome, à la mode du Mahârâshtra. Doc trouva plaisant que son ami, qui était probablement né à Kânchîpuram, dise encore

« de chez nous » en parlant de la terre de ses lointains ancêtres. Peut-être était-ce le fait de promener ses yeux bleus au milieu d'une population aux yeux sombres qui lui donnait l'impression d'être étrange, sinon étranger.

— C'est le plus fameux jus de mangue que j'aie jamais goûté.

Doc ne mentait pas. D'ailleurs, il appréciait tout chez Tilak. Non seulement sa forte personnalité, sa culture illimitée et son physique étonnant, mais aussi son mode et son cadre de vie. Il faut dire que sa maison dépassait en beauté et en agrément tout ce que l'on pouvait rêver. C'était une vaste demeure, fort ancienne, basse et tout en largeur, qui avait l'air d'être tapie sous la forêt de cocotiers. Les pièces en étaient sombres et fraîches et aucune installation barbare n'était nécessaire pour la climatiser. Les meubles, rares et précieux, étincelaient dans la pénombre, ainsi que de grosses jarres de cuivre posées sur des nattes immaculées. La bibliothèque, où se tenaient Tilak et Doc, était sans conteste la pièce la plus réussie.

Doc admirait particulièrement les étagères en bois brillant et parfumé qui cachaient entièrement les murs. Leur contenu en faisait une des collections les plus rares de l'Inde, qui en compte pourtant de remarquables. Un grand bureau tout simple, deux ou trois plantes, rares elles aussi, plusieurs escabeaux sculptés et ces merveilleux fauteuils cannés, dont les accoudoirs se prolongent en appuie-jambes rabattables. Et, flottant

Ramdam à Mahâbalipuram

partout, une indéfinissable odeur de camphre, de papier et de cire. Une porte-fenêtre ouvrait sur un jardin abondamment fleuri et on devinait au fond d'une allée l'étable chère au cœur de tout brahmane. Si Doc avait dû imaginer l'aménagement du paradis, il aurait sûrement décrit cette pièce.

Ils s'étaient connus à Bombay, chez Taraporevala, au sous-sol de la grande librairie sur M.G. Road. Doc avait levé les yeux sur Tilak à cause de sa taille inhabituelle, l'autre lui avait souri de façon complice et ils étaient devenus les meilleurs amis du monde. Le juge Tilak avait adoré que Doc fût tellement féru de l'art du sabre et du bâton et qu'il eût été initié au *kalaripayatt* par des brahmanes *Nambudirî* de la côte Ouest. Doc avait adoré entrer dans l'intimité de ce personnage célèbre avec lequel il était sûr de toujours s'amuser autant qu'il s'instruisait.

Tilak parlait volontiers, mais il ne posait jamais de question indiscrète et lorsque Doc lui avait téléphoné en exprimant le désir de consulter sa collection de journaux, il avait simplement fixé le rendez-vous. Après un agréable moment de conversation à cœur ouvert, Tilak emmena Doc au fond du jardin dans une ancienne remise modernisée. Il se contenta de sonner avant de le laisser sur le seuil et de s'en retourner dans son paradis.

— Bonjour, Doc ! Je suis Taralikâ, la secrétaire de M. Tilakjî. Entrez, je suis à votre entière disposition pour trouver tous les articles que vous voudrez.

123

Taralikâ accompagna ces mots d'un sourire éblouissant. Remarquant la légère hésitation de Doc, elle ajouta gentiment :

— Nous disposons de tous les numéros des deux cents quotidiens de langue anglaise depuis leur fondation. De tous ceux des trois mille principaux quotidiens de toutes les régions dans quatre-vingt-dix langues différentes. Hindî, urdû, bengalî, marâthî, tamil, gujarâtî, kannara, telugu, oriyâ, malayâlam, panjâbî, et j'en passe. Et, bien sûr, de tous les hebdomadaires.

La mine stupéfaite de Doc provoqua un début de fou rire chez Taralikâ. Elle voulut se reprendre mais pouffa à nouveau et Doc l'imita. La glace était rompue. Cette fille, extrêmement jolie, aux yeux immenses et à la silhouette agréablement féminine, avait l'air de s'y connaître et Doc se détendit tout à fait. Il regardait cependant les murs couverts de classeurs métalliques, plats et serrés, et ne pouvait comprendre comment tout ce qu'elle avait énuméré, « et j'en passe », pouvait se trouver là, sous leurs yeux. D'autant plus qu'il savait que Tilak ne conservait pas que la presse. Taralikâ suivit son regard et dit sans attendre de question :

— Il y a d'autres pièces, plus grandes encore que celles-ci et puis, toutes les archives personnelles de M. Tilakjî sont sur microfilm. Ne vous inquiétez pas, nous trouverons rapidement ce qui vous intéresse. De quels journaux s'agit-il et quelles sont les périodes que vous désirez consulter ?

— Disons que je voudrais commencer par l'*Indian Express* et le *Times of India* dans l'édition de Bombay. Je pourrais éventuellement avoir besoin du *Lokasatta*, du *Sakal* et du *Bombay Samachar.*

— Aucun problème. Les trois derniers sont bien en marâthî, n'est-ce pas ? Il devrait y avoir aussi certaines éditions en gujarâtî. Cela vous intéresserait-il ? Et la période ?

Admirant la rapidité de la fille, Doc ne se cachait pas pour la dévisager. Ses yeux lui parurent vraiment énormes. Des yeux démesurés, qui lui donnaient par moments un regard bovin, impression aussitôt démentie par leur grande vivacité. Graves et lourds, ils occupaient la moitié de son fin visage. Si le climat de l'Inde est réputé pour avoir gâché le teint de bien des Anglaises, il donne à la peau des Indiennes des couleurs divines, comme le prouvait assez le teint velouté et ambré de Taralikâ. On l'eût dite peinte avec ces fins pinceaux des miniaturistes, faits d'un poil d'écureuil, un seul. Ses vêtements, son maquillage et ses parures rappelaient aussi la miniature et rendaient étrange sa présence dans ce cadre résolument sobre et moderne. Il aurait au moins une fois dans sa vie vu une miniature à l'ordinateur.

— Marâthî ou gujarâtî, peu importe, je peux me débrouiller en tout cas pour les lire. Quant à la période, c'est plus délicat. Ce qui m'intéresse remonterait à une dizaine d'années et devrait figurer dans les rubriques des faits divers, petite délinquance, trafic de drogue, peut-être prostitution ou criminalité.

— Nous allons trouver cela. Je n'en ai pas pour longtemps.

L'expression impassible de Taralikâ lui plut. Cette fille ravissante et d'apparence si coquette, avec juste une pointe de frivolité, ne se troublait pas facilement et semblait très compétente. Quand il parlait, elle le considérait avec intérêt mais son attitude n'avait rien d'aguichant. Evidemment, pour travailler avec Tilak, elle devait posséder des qualités tout à fait exceptionnelles, mais comment diable allait-elle s'y prendre ? Il ne put s'empêcher de le lui demander.

— Ne vous inquiétez pas. Ici, toute la presse est informatisée et un simple CD-Rom contient des quantités incroyables d'informations. Quant à moi, je vais me recycler tous les semestres à Bangalore.

Avec un sourire à damner un saint, elle poursuivit aussitôt :

— Vous allez vous installer à côté, devant ce grand ordinateur, et dès que j'aurai trouvé quelque chose, je ferai défiler les articles sur votre écran. Il vous suffira d'appuyer sur une touche que je vous indiquerai pour arrêter un texte, sur une autre pour l'enregistrer et ensuite je vous ferai autant de tirages que vous voudrez.

Voilà qu'il était tombé sur une de ces surdouées de l'informatique formées à Bangalore, la fameuse Silicon Valley indienne, La Mecque des ordinateurs ! Doc en oubliait de réagir. Il humait le léger parfum de vanille qui flottait dans le sillage de Taralikâ, la reine du logiciel, en cherchant distraitement dans quelle pièce classique un personnage porte ce même prénom. Il lui revint brusquement à l'esprit que Taralikâ était le nom d'une suivante de l'héroïne Shakuntalâ dans une pièce de Kâlidâsa. Comment pouvait-il oublier ainsi ses classiques ?

— Monsieur le Juge a toujours voulu conserver chez lui toutes les publications pour son information personnelle. Depuis qu'il est à la retraite, il a continué sa collection et n'a pas hésité à tout faire informatiser dès que cela a été possible. Il m'emploie à plein temps depuis cinq ans pour tout tenir à jour.

Le juge Tilak, Doc se souvenait qu'on en parlait parfois chez lui lorsqu'il était petit et que son père admirait énormément celui qu'on appelait le dieu-juge. Il avait occupé des postes administratifs et législatifs élevés pour finir juge à la Haute Cour de Bombay. Il avait milité pour des réformes sociales plutôt avancées et écrit plusieurs livres sur le sujet. Et, bien que vivant maintenant dans le luxe d'un cadre ancien et traditionnel, il possédait des archives à la pointe du progrès et on travaillait chez lui selon des méthodes ultramodernes. Le contraste ne manquait pas de piquant !

Chapitre 9

Elle revivait une fois de plus la fameuse scène de l'ordalie de Sîtâ dont elle connaissait les moindres détails, mimiques et jeux de scène compris. Mais à la place des flammes, n'aurait-on pas dit des vagues ? Bizarre ! Oui, c'était de l'eau et l'actrice était censée avancer au milieu de ces vagues qui mouillaient le bas de son sari, tout en faisant comme si c'étaient des flammes ! L'actrice aujourd'hui, curieusement, c'était elle-même. On l'en avait avertie à la dernière minute et elle avait à peine eu le temps de se recoiffer. Mais ce qui la tracassait plus que sa chevelure en désordre, c'était son jeu. Ne devait-elle pas le changer pour donner l'impression qu'elle avan-çait sur l'eau plutôt que sur le feu ? Ou devait-elle faire semblant de fouler des flammes et donner à croire que, malgré la brûlure, elle ne sentait rien puisqu'elle était innocente ?

Innocente ? Elle eut tout à coup la désagréable impression qu'elle n'était qu'une marionnette, ainsi que les autres acteurs, et que quelqu'un – était-ce le marionnettiste en personne ? – menaçait de couper les fils. Surtout, faire comme si de rien n'était. Jouer son rôle, coûte que coûte et agir comme si l'eau n'était pas en train de monter peu à peu. Son attention, déjà troublée par l'étrangeté de la situation, se porta sur un bruit inhabituel pendant la représentation. Elle ne se rappelait pas avoir jamais entendu de musique, et encore moins d'orchestre, pour accompagner cette pièce. Et pourtant, on entendait distinctement des instruments imitant à la perfection le bruit du vent et le hululement de la tempête.

Elle avait donc été contrainte de jouer le rôle de Sîtâ au pied levé. L'expression faillit amener un sourire sur son visage mais cela n'allait pas avec les sentiments qu'elle devait exprimer. « Au pied levé », parce que l'eau montait. Ses compagnons s'enfonçaient et elle voyait que leurs yeux s'emplissaient d'angoisse. Tant pis pour le rôle, il fallait crier au secours. Elle cria, mais aucun son ne se produisit. Elle entendit qu'on lui disait : « Tu es déjà morte, pourquoi crier ? » mais elle ne voulut pas y croire. D'ailleurs, elle voyait son reflet dans l'eau et elle se voyait bougeant comme l'actrice qu'elle était, interprétant le rôle de Sîtâ.

Mais, en y regardant bien, elle s'aperçut que le visage reflété dans l'eau ne ressemblait plus au sien. Peu à peu, il ne ressembla plus à aucun autre visage, car les traits s'en étaient simplement effacés, ne laissant qu'un contour vide. De grandes herbes aquatiques s'enroulaient autour de leurs jambes et tous les acteurs se débattaient en proie à une terreur qui l'envahissait elle aussi. Elle ne réussirait pas à prouver son innocence au divin Râma. Et d'ailleurs, ce n'était pas le divin Râma qui coulait avec elle. Elle vit les yeux injectés de sang de son partenaire en train de sombrer pour de bon et elle ne fit aucun geste pour le retenir encore un peu. Ce n'était pas Râma, elle n'était pas innocente et elle n'éprouvait aucun remords. Si l'occasion se présentait à nouveau, elle le referait.

Sumitrâ s'éveilla d'un coup en faisant un bond qui manqua la faire tomber du lit. Il lui fallut quelques secondes pour réaliser qu'elle était trempée de sueur tant la chaleur avait augmenté depuis la veille. Elle ne comprit pas comment son sari mouillé de transpiration avait réussi à s'entortiller autour de ses jambes et, en se dégageant, elle perçut le bruit anormalement fort des vagues soulevées par le vent mugissant. Il avait suffi de ces différentes sensations pour provoquer le cauchemar. Des sensations étranges et aussi un souvenir persistant et plutôt encombrant. Mais, tout occupée à remettre son lit en ordre, elle ne se posa aucune question sur ce rêve. Elle se demandait, cependant, comment il pouvait encore faire si chaud alors que le vent soufflait en rafales. Toute la canicule du jour semblait emprisonnée dans le petit bungalow.

Elle se leva pour se changer et s'aperçut que la lampe-tempête s'était éteinte. Quelle idée de s'être couchée sans enlever son sari, c'était tout à fait inhabituel chez elle ! En se déshabillant dans le noir, comme elle avait coutume de se tenir de grands discours, elle voulut se parler mais il ne sortit de ses lèvres qu'un son rauque et inarticulé. Elle haussa les épaules et se mit à récapituler le rêve mais elle n'y vit aucun intérêt et, en tout cas, rien d'alarmant. Des inepties provoquées par la chaleur, le bruit et le souvenir d'un acte pour lequel elle pensait avoir déjà payé. La mousson était-elle arrivée ou n'était-ce qu'une de ces tempêtes qui parfois la précèdent ? Elle souleva le rideau et crut voir que tous les palmiers étaient couchés. En espérant qu'il n'y aurait pas de dégâts, elle chercha à se rendormir. Tout cela n'avait duré que quelques secondes et si ce rêve lui avait paru agréable, elle aurait même tenté de le prolonger. Ces temps-ci, il n'était jamais question de beaux rêves. Son sommeil était plutôt peuplé de cauchemars récurrents, comme celui, terrifiant, d'étreindre un cadavre ou celui, si déprimant, d'une araignée dévoreuse de plantes qui ne laissait que les nervures de leurs feuilles. Ces squelettes végétaux avaient hanté plus d'une de ses matinées. Elle perçut un minuscule miaulement dans le noir et un frôlement au pied du lit. Le chat s'était mis à l'abri et ronronnait avec entrain.

— Je vais peut-être vous étonner, mais cette fille du Kerala qui connaissait Sumitrâ, nous n'avons eu aucun mal à la retrouver. Elle a même pris contact avec nous spontanément quand elle a su qu'on la recherchait, et nous a brossé de la victime un portrait inattendu. Elle sera là d'un moment à l'autre.

Dans les arbres visibles de la fenêtre du bureau de l'inspecteur, une multitude de corbeaux faisaient un chahut indescriptible. A propos de corbeau, celui que Doc avait devant lui parlait avec une grande animation. Les cernes sous les yeux de l'inspecteur Prasad paraissaient plus grands et plus noirs que jamais. Ils lui mangeaient le visage, si bien qu'on ne voyait qu'eux, plus le nez et la mèche bleutée. Prasad avait gagné Doc de vitesse à propos de la fille du Kerala, ce qui prouvait bien qu'il ne négligeait pas l'affaire.

— Un portrait inattendu ? Que voulez-vous dire ?

Le ton de Doc et son regard aigu troublèrent Prasad quelques secondes.

— Si vous voulez le fond de ma pensée, j'ai toujours cru que Miss Pillai, Sumitrâ, était mêlée à la pègre. Pas aux grands caïds, certes, mais enfin à des maquereaux et à des trafiquants de drogue. Eh bien, on dirait que je me suis tromp...

— Pourquoi ne l'avoir jamais arrêtée, dans ces conditions ?

On pouvait déceler une certaine hauteur dans l'interruption de Doc.

— Je n'avais aucune preuve ! Aucune plainte contre elle non plus. Je pensais qu'elle s'était plus ou moins rangée après une jeunesse tumultueuse et qu'elle arrondissait des fins de mois déjà lucratives par des petits trafics plus ou moins licites, mais sans histoires.

En voyant l'air de Doc, qui détournait les yeux pour regarder les oiseaux dans les arbres d'en face, Prasad crut comprendre qu'il était plus écœuré par les pratiques de la police que par celles que le policier prêtait à Sumitrâ et à ses semblables, sans pour autant juger bon d'intervenir. Il décida de ne pas se formaliser et poursuivit :

— Eh bien, non ! Cette Rohinî, une assez jolie fille, pas du tout mon genre mais assez jolie, vous verrez, affirme…

Prasad fut à nouveau interrompu par l'arrivée d'une jeune femme élancée, au visage ouvert. Elle était encombrée de paquets et souriait comme pour s'excuser de la place qu'elle prenait. Elle avait un air franc et dégourdi qui plut bien à Doc. Sa tenue turquoise, simple et fraîche, annonçait la femme pressée et occupée, qui se soucie plus de la bonne marche de ses affaires que de tenues recherchées. Elle s'assit et considéra tranquillement Prasad, sa mèche bleutée et son bec de corbeau, en attendant d'être interrogée. Comme Prasad, à dessein, tardait à parler et faisait semblant de consulter un dossier, le regard de la fille se porta sur Doc. On y lisait une certaine curiosité, aussi eut-il aussitôt la conviction que Sumitrâ avait parlé de lui à Rohinî, son amie du Kerala. Car c'était bien Rohinî.

Elle affirma en effet que Sumitrâ était une honnête marchande de souvenirs, qui mettait son énergie et ses économies au service de l'enfance malheureuse. Comme Rohinî elle-même, d'ailleurs. La jeune femme parlait assez bien le tamoul, tout en y mêlant pas mal de mots de malayâlam.

— Nous nous fréquentions depuis quelques années et, pour tout vous dire, j'avoue ne lui avoir jamais connu la moindre aventure masculine. En tout cas, elle ne parlait pas de ces choses-là. Pourtant, elle avait un certain succès…

Les yeux francs s'étaient voilés de tristesse. Comment deviner si c'était par dépit à l'évocation des succès de l'autre, ou par regret de sa disparition ?

— Fréquentait-elle des délinquants ?

Le ton de l'inspecteur était dur, coupant.

— Pas le moindre ! Bien sûr que non !

De surprise, Rohinî avait laissé tomber son sac sur la pile de paquets qui s'écroula, tandis qu'elle éclatait d'un rire juvénile. Doc la trouva charmante. Plus sympathique que belle, mais charmante.

Remarquant que les yeux de Doc restaient fixés sur les arbres à corbeaux ou sur la fille, Prasad chercha à attirer son attention. Il savait bien que Doc l'écoutait, mais ce qu'il voulait, c'était être écouté *et* regardé.

— La seule chose étrange que vous ayez mentionnée au téléphone, ma-de-moi-selle…

Prasad avait soigneusement articulé et espacé chaque syllabe. Il s'interrompit, le temps de ramener à nouveau sur lui le regard de Doc.

Ramdam à Mahâbalipuram

— La chose étrange, c'est que Sumitrâ Pillai aurait été, d'après vous, en relations d'affaires avec on ne sait trop qui au Bengale, ou peut-être même au Bangladesh. Y allait-elle en personne ?

Rohinî avait repris son sérieux et elle répondit aussitôt :

— D'après moi, elle n'a jamais mis les pieds au Bengale et encore moins au Bangladesh.

— Et de quel *genre* de relations s'agissait-il ? Vous ne le savez pas non plus ?

La voix de Prasad cachait mal son impatience. Rohinî rougit légèrement, mais Doc se rendit compte que c'était à cause des manières un peu brusques de l'inspecteur, et non pas parce qu'elle avait quelque chose à dissimuler. Le flic, en effet, avait pris le dessus sur le corbeau et sur l'amateur de jolies filles.

— J'avoue qu'à part leur existence, j'ignore tout de ces relations. Sumitrâ était très secrète. Je ne sais rien d'elle. Nous ne parlions que des moyens de venir en aide aux enfants en difficulté.

Doc intervint avec douceur :

— Vous n'avez vraiment aucune idée de ce qu'elle faisait avec ces Bengalis, Bangladais ou je ne sais quoi encore ?

— Elle m'avait seulement dit qu'un jour une bonne surprise viendrait de là-bas. Mais…

Elle s'interrompit et considéra Doc avec intérêt. Comme elle le trouvait assez attirant, elle pensa que, décidément, Sumitrâ était une personne bien mystérieuse. Puisqu'elle connaissait un homme aussi agréable, comment avait-elle fait pour ne pas tomber amoureuse de lui et essayer de se l'attacher ? Si Rohinî avait été plus perspicace, ou plus versée dans les méandres de la psychologie, elle aurait compris que l'amour sans emploi que Sumitrâ avait transféré sur Doc suffisait presque à son bonheur. Par ignorance des sentiments de Sumitrâ, par absence d'inclination pour elle ou par choix, Doc n'y répondait pas. S'il y avait répondu, cela aurait abouti à une histoire banale, porteuse de culpabilité et de remords. Alors que c'était en quelque sorte la sublimation de cet amour sans écho qui avait rendu Sumitrâ encore plus forte, plus indépendante, plus libre de se consacrer à des activités qui en valaient la peine à ses propres yeux et lui importaient.

Les paupières mi-closes, Doc fixait un point imaginaire au-delà de Rohinî.

Pendant que la fille du Kerala repartait en jonglant avec ses nombreux paquets, une dispute éclata tout à coup dans la pièce voisine, et comme les voix devenaient de plus en plus violentes, Prasad passa la tête par la porte entrebâillée. D'une voix exaspérée mais étrangement douce, il dit au policier en faction :

— Laisse-le passer, voyons ! C'est moi qui lui ai demandé de venir !

Il fit un vague signe d'excuse à Doc. Celui-ci regardait l'individu au teint terreux qui venait d'entrer et qui, visiblement, se serait bien passé de cette convocation. En désignant d'un clin d'œil l'homme qui hésitait à s'asseoir, Prasad lança à l'adresse de Doc :

— C'en est un qui me doit gros, celui-là, je vous assure !

Doc supposa qu'il s'agissait d'un indic. Il ne se trompait pas et pourtant l'homme, assis maintenant sur l'extrême bord d'une chaise, n'avait pas spécialement le physique de l'emploi. Si toutefois ces gens-là sont censés avoir un physique particulier. Il se tenait totalement immobile et la voix de Prasad, tout à coup haut perchée, le fit sursauter :

— Alors, ce type qui a avalé une petite cuiller dans sa cellule pour être emmené à l'hôpital, astu découvert si c'était juste pour changer d'air ou s'il y avait autre chose là-dedans ? Pourquoi a-t-il avalé cette petite cuiller, réponds ! Il n'avait tout de même pas faim à ce point-là !

Croyant surprendre une lueur malicieuse dans les yeux de l'indic, Prasad ajouta d'un ton menaçant :

— Et surtout ne t'avise pas de me dire que c'était parce qu'il n'avait pas de fourchette sous la main, je n'apprécierais pas la plaisanterie !

L'homme au teint terreux fixa un instant l'inspecteur sans répondre. Le corbeau était redevenu flic à presque cent pour cent. Il restait dix pour cent de corbeau, tout au plus, se disait

Doc qui le fixait aussi. Lorsque le flic fut près d'exploser, l'homme se décida à parler et il lâcha tout d'une traite :

— Le chef cuistot de l'hosto a été l'amant de la sœur de ce type et ils ont échafaudé ensemble non seulement un plan d'évasion pour le prisonnier mais le projet de dévaliser les stocks de la fabrique de soieries Mahâlakshmî, près de l'ancien port. Ça doit se passer lundi prochain à une heure du matin. Les frères Kanina, les jumeaux, vous savez, ceux qu'on appelle les Bâtards, seraient dans le coup avec leur camion.

— Seraient ou sont ?

L'impatience arrondissait ridiculement le petit œil brillant de Prasad.

— Sont.

Doc trouva tout à coup un air veule à l'indic. Cependant, il n'aurait pas su dire si cette impression était seulement due à ce qu'il venait d'entendre.

— Ben voilà ! Que ne le disais-tu ? Il en faudrait un peu plus pour que j'oublie tout ce que je sais sur toi, mais enfin… Tu peux filer, mais ouvre l'œil et surtout tiens-moi bien au courant du moindre changement, au cas où il nous prendrait l'envie d'aller les cueillir. Si tu cherches à me doubler, tu t'en mordras les doigts. Allez, dégage !

Son informateur à peine parti – et Doc ne le vit même pas quitter la pièce tant il y mit de célérité –, Prasad abandonna ses manières brutales pour redevenir le corbeau légèrement maniéré que Doc connaissait.

138

Ramdam à Mahâbalipuram

— Pardon pour le cirque. A nous deux maintenant : nous disions donc que cette petite Sumitrâ ne fréquentait pas les truands. Par conséquent, il va nous falloir chercher ailleurs ses assassins. C'est drôle que son frère, qui paraît d'ailleurs sincère, ignore presque tout d'elle et ne nous soit d'aucune utilité, vous ne trouvez pas ? Ce qui me paraît bizarre aussi, c'est que vous en sachiez si peu sur elle, ou que vous le prétendiez, alors que vous avez hébergé son frère pendant des mois, à ce qu'on dit.

Sans prendre la peine de répondre, Doc sortit de sa poche un papier. C'était la reproduction d'un article paru dans l'*Indian Express* près de dix ans auparavant.

Bombay, le 5 juin 19..

DRAUPADÎ AUX CINQ MARIS

Des policiers de Falkland Road ont arrêté ce matin une très jeune prostituée qui venait apparemment de poignarder son protecteur. Elle n'a opposé aucune résistance et s'est contentée de répéter qu'elle n'en pouvait plus. La jeune personne, Sumitrâ P., bien qu'elle n'y habite que depuis peu de temps, est connue dans le quartier sous le pseudonyme de Draupadî-aux-cinq-maris parce que, dit-on, elle parle souvent de cette héroïne du Mahâbhârata. Elle est originaire de Tirukalikunram, près de Mahâbalipuram. Ses

139

parents seraient des artistes ambulants et il ne semble pas y avoir d'antécédents de prostitution avérée dans la famille. La misère, la discrimination envers les filles et l'urbanisation à outrance, qui sont les causes ordinaires de ce genre de déchéance, ne semblent pas avoir joué dans le cas précis. On devine, malgré la discrétion de la meurtrière présumée, qu'il s'agit plutôt d'une mésentente familiale. L'homme qu'elle aurait poignardé était très affaibli mais encore vivant lorsque les policiers de Falkland Road sont arrivés sur les lieux. Les yeux injectés de sang, comme l'ont souligné tous les témoins, saignant abondamment d'une plaie au cou, il se traînait sur le seuil de sa maison pour demander du secours lorsque des voisins l'ont trouvé et ont ameuté le quartier. Dans son délire, le blessé ne cessait de dire : « Après tout ce qu'elle m'a coûté, la garce ! » Si la légitime défense est démontrée et si elle arrive à prouver qu'elle était forcée à ce genre de vie contre son gré, compte tenu de son jeune âge, la jeune fille pourrait bien se retrouver assez vite en liberté. Aux dernières nouvelles, l'état de la victime inspirait quelque inquiétude. Cet homme, Manduth Chopra, a déjà été condamné à plusieurs reprises pour rapt, détournement de mineurs et trafic de drogue. Il est connu en outre pour son habitude de payer en drogue des prostituées pour participer à des orgies.

(suite page 9…)

Alors que Prasad lisait l'article avec un certain étonnement, la sensuelle odeur de vanille que dégageait le document fourni à Doc par Taralikâ avait emmené celui-ci loin du bureau de l'inspecteur. Il entendait encore le juge Tilak lui disant au cours du repas exquis qui avait suivi ses recherches dans la presse : « Ma secrétaire est efficace, intelligente et en plus toute jeune, car j'ai besoin de voir des gens sans rhumatismes, sans soucis et sans rancœurs. Elle est belle aussi, mais ce ne serait pas une raison suffisante pour la renvoyer ! » Doc se rappela la lueur de malice qui avait éclairé les yeux bleus de Tilak et il comprit tout à coup pourquoi certains en Inde trouvent aux yeux bleus ou verts quelque chose de satanique. Le dieu-juge, comme on surnommait toujours Tilak, ressemblait parfois, avec ses yeux bleus et sa malice, à un joyeux juge-démon.

C'est alors qu'il avisa le document tapé à la machine que Prasad tenait dans l'autre main. En faisant abstraction des notes manuscrites figurant sur le côté visible, il parvint à déchiffrer à l'envers et par transparence une partie de ce qui lui apparut comme une déposition de l'oncle de Sumitrâ. L'exercice n'était pas facile, mais les yeux de Doc, tout comme son cortex cérébral, étaient probablement dotés d'un pouvoir de discrimination supérieur à la moyenne. D'après ce qu'il arrivait à lire, le vieil ivrogne n'avait fait aucune révélation significative sur le meurtre de sa nièce et il se portait garant de l'innocence d'un certain Dîlip en confirmant son alibi. Pourquoi

Prasad n'avait-il pas jugé bon jusqu'ici de mentionner cette déposition ?

— Attendez ! Alors, j'avais raison ! C'était une prostituée et peut-être même une camée ! La vie qu'elle menait avait donc toutes les chances de la conduire à la mort, on pourrait presque dire « comme la conception pour une mule ».

Prasad avait ajouté ce détail avec une sorte de coquetterie et peut-être même un zeste de provocation. Il s'expliqua :

— Il n'y a pas que vous qui connaissiez le *Panchatantra*.

— C'est heureux, répliqua Doc en souriant aimablement. Mais l'affaire n'est pas si simple, ajouta-t-il en constatant que sa montre retardait. Tout à l'heure, il lui faudrait passer chez le réparateur au coin de la rue avant de repartir.

— Parlez, puisque vous semblez savoir quelque chose. Je vous écoute.

L'inspecteur s'était figé dans une attente pleine d'intensité. Mi-flic, mi-corbeau, il observait Doc sans chercher à le brusquer, mais il ne le quittait pas des yeux. Tout à coup, il posa le document qu'il tenait encore à plat sur son bureau, car il venait de comprendre que ce papier intéressait Doc plus que leur conversation et que ce diable d'homme arrivait probablement à lire dans des conditions inhabituelles. Pensif, celui-ci se pinçait un lobe d'oreille.

Alors commença un dialogue étonnant, chacun des interlocuteurs ajoutant un maillon imaginaire à la chaîne du récit des aventures de

142

Sumitrâ Pillai, de sa naissance à sa mort. Chaque maillon faisait comme une perle enfilée et le tout, comme une suite de *sutrâ* reconstituant une existence et demeurant sa trace ultime.

— Vous allez trop vite, inspecteur. Ne croyez-vous pas que le désir de prouver des hypothèses peut amener à une mauvaise perception de la réalité ? Malgré les apparences, à mon avis, Sumitrâ n'était ni une prostituée, ni une droguée.

— Admettons... même si elle a incidemment poignardé un maquereau...

Doc ne releva pas et enchaîna.

— D'ailleurs, si elle a fini ainsi, c'est plutôt parce qu'elle n'était ni l'une ni l'autre. Son père, que j'ai vu à la crémation, m'a paru être un ivrogne chronique. Quant à sa mère, elle m'a semblé d'un naturel évaporé et très intéressé. De plus, tous deux m'ont donné l'impression de vivre l'un pour l'autre, ainsi que pour leur métier, et d'être incapables d'accorder la moindre attention à leur progéniture. Je me trompe peut-être, mais on peut imaginer qu'ils aient voulu se débarrasser de leur fille parce qu'elle les gênait ou leur coûtait trop cher, qu'ils l'aient donc empêchée de devenir artiste comme eux et vendue ou simplement chassée à force de récriminations.

Prasad regardait Doc d'un air légèrement ironique. Il finit par dire :

— Parfait. Votre perception du réel *à vous* n'est absolument pas distordue par votre désir de prouver quelque chose qui vous tient à cœur. Admettons. Au bout de quelque temps, la jeune Sumitrâ se retrouve donc à Bombay et très vite à Kamathipuram, le quartier rouge avec ses cent mille prostituées. Elle aurait pu faire partie des milliers d'enfants que la mafia fait plonger dans la drogue afin de mieux les prostituer à de braves pères de famille, indiens ou étrangers, mais elle a la chance d'être remarquée par un fringant jeune homme qui commence par la séduire.

— Il se peut en effet qu'elle en ait été amoureuse au début. Mais elle se dégoûte assez vite de lui quand elle s'aperçoit qu'il boit, car je peux vous assurer que Sumitrâ avait horreur des alcooliques, sans doute à cause de son père et de son oncle. En tant que médecin, je peux aussi affirmer que ce n'était pas une droguée et qu'elle se méfiait de la drogue autant sinon plus que de l'alcool. Elle rechigne, elle résiste – elle était dotée d'une forte volonté et d'une énergie peu commune –, il patiente parce qu'elle lui plaît bien. Il voudrait au moins qu'à défaut de se droguer et de se prostituer, elle revende la drogue pour lui. Evidemment, ce qui le trompe, c'est le jeune âge de sa compagne, mais c'est mal la connaître…

— Il va donc nous falloir chercher encore pour savoir si ce Chopra a patienté jusqu'à maintenant pour se venger ?

— Je ne sais pas, mais en ce qui concerne une vengeance du proxénète lui-même, cela paraît peu probable. Lisez ceci.

Doc tendit à Prasad un autre entrefilet de l'*Indian Express*, d'une date postérieure à celle du premier article, mentionnant que Manduth Chopra était décédé des suites de sa blessure. Sa jeune meurtrière avait été acquittée mais envoyée dans l'un des centres de rééducation pour mineurs créés par Kiran Bedi et fréquemment visités par elle. L'article qualifiait Bedi de *superflic*.

Dès qu'il eut pris connaissance du deuxième article, l'inspecteur Prasad émit un bref sifflement et ferma les yeux. Quand il les rouvrit, Doc put y voir une lueur d'intérêt renouvelé pour l'affaire.

— Quoi de plus naturel, après ces aventures, que Sumitrâ ait admiré Bedi à ce point et qu'elle ait décidé de vouer son existence à la lutte contre l'enfance maltraitée ? Car on peut compter sur la Bedi pour lui avoir sérieusement lavé le cerveau !

En écoutant Prasad, Doc prit conscience du fait que leur dialogue s'apparentait plutôt à un double monologue, chacun poursuivant son idée mais laissant poliment l'autre placer sa phrase au bon moment et reprenant là où l'autre venait de s'arrêter. Ce n'étaient que des suppositions, mais il était persuadé qu'ils n'étaient pas très loin de la réalité. Oui, c'était bien cela, chacun se parlait à soi-même et laissait l'autre compléter avant de compléter à son tour. Et il sentait même que Prasad avait compris ce qui se passait entre eux et y prenait un certain plaisir.

— Une question : d'après vous, pourquoi parlait-elle toujours de Draupadî ? Est-ce anodin ou devrait-on en tenir compte ?

Devenu très doux, l'inspecteur semblait en effet savourer l'entente complice avec Doc.

— Je crois savoir qu'elle enviait cette héroïne bien pourvue en époux, alors qu'elle-même était toujours seule. Comme pour Draupadî, il y aurait aussi dans l'histoire de Sumitrâ une partie de dés plus ou moins truquée. Mais j'ignore le rôle exact qu'elle a pu jouer dans son destin. Car on sait qu'une destinée peut très bien être influencée par une idée fixe ou encore par un événement récurrent, réel ou imaginaire.

Doc se tut, car il pensait que ce genre de raisonnement pouvait paraître chimérique à Prasad, qui cherchait du concret.

— Vous aimeriez ajouter quelque chose, Doc ?

Doc parut soudain un peu las.

— Oui, nous avons pu nous tromper, comment se le dissimuler, dans notre récit imaginaire de la vie de Sumitrâ Pillai. Pas entièrement, mais tout de même il est évident qu'une simple erreur d'estimation peut changer la réalité. L'erreur, c'est ce qui affecte l'observation de la réalité, vous êtes bien d'accord ? Alors, quand cette observation doit beaucoup à l'imagination et aux supputations, la marge d'erreur augmente et la réalité s'éloigne.

A ce moment précis, on entendit frapper à la porte et un agent entra sans attendre. Doc put observer que l'homme, assez âgé et très noir de peau, avec une moustache et des cheveux très blancs, s'avançait théâtralement vers Prasad et posait devant lui un plateau de métal bosselé sur lequel on voyait des moitiés d'œufs durs – une bonne douzaine au moins – nageant dans une sauce à la tomate peu appétissante, quelques losanges de pain de mie grisâtre et un grand café.

— Pas de *tomato butt* ?

— Il n'y avait plus rien, chef ! assura le vieil agent au garde-à-vous.

— Je veux bien me bomber de l'infâme tambouille habituelle, mais devoir avaler ça, c'est le bouquet ! aboya Prasad au comble de l'exaspération.

Un nouveau coup à la porte et cette fois ce fut un jeune policier qui entra, porteur d'un pli urgent. Grand et mince, il arborait un calot crânement penché sur une oreille et un *lati* de bois battait ses jambes sanglées dans l'étroit uniforme kaki. Un vrai flic d'opérette. Comme son collègue, il se tenait au garde-à-vous et aucun des deux ne semblait s'autoriser à respirer.

Le corbeau s'agita et parut contrarié, tant par cette nouvelle intrusion ajoutée au déjeuner détestable qui l'attendait que par la récente déclaration de Doc. Cependant, il reprit non sans grâce :

— Bien sûr, nous pouvons nous tromper dans les détails, mais ne faites donc pas trop de philosophie, ça rend pessimiste.

Prasad souriait en prononçant ces mots, comme pour les démentir et en excuser la trivialité. Il s'enquit finement :

— Vous connaissez bien la philosophie,
n'est-ce pas ?

Doc éclata de rire.

— Assez pour pouvoir affirmer que je n'en
sais pas grand-chose.

Cette réplique lui attira la sympathie immé-
diate des deux pandores et un surcroît d'estime
de la part de l'inspecteur. Celui-ci décacheta le
pli qu'on venait de lui remettre puis revint aussitôt à leur affaire.

— Vous parliez d'imagination parce qu'il
vous arrive à vous aussi d'inventer, n'est-ce pas ?

— Comment faire autrement ? reconnut Doc.
On est bien obligé de remplir les cases man-
quantes avec un peu de la psychologie qu'on
prête à ces gens démunis, un peu ignares, un peu
ivrognes, au besoin même un peu truands. Et là,
l'imagination galope à fond !

— Ouais. Vous n'avez pas tort non plus
quand vous dites qu'il doit exister entre les différentes phases de la vie de cette fille un lien que
nous n'avons pas encore trouvé.

Heureux d'entendre Prasad s'exprimer ainsi,
ce qui prouvait que lui aussi pouvait se montrer
abstrait, Doc, qui venait tout juste de faire un
grand pas dans la compréhension de cette histoire, se renversa en arrière sur sa chaise et resta
silencieux. Oui, c'est bien cela ! Pourvu que
cette idée encore fragile ne s'évanouisse pas. Il
existe dans cette histoire, comme dans ce texte
d'éducation politique, *Le Trésor des armes
secrètes,* que je lisais et relisais jadis, l'idée

qu'un leitmotiv, que ce soit une simple formule ou même une action, finit parfois par fournir la clé d'une énigme. Ici, il pourrait très bien s'agir d'un détail récurrent provoquant un déclic psychologique…

Il poursuivit tout haut à l'adresse de l'inspecteur intrigué :

— Un lien, peut-être simplement psychologique, entre ses relations avec son père, avec le souteneur, avec ses adversaires dans la bagarre fatale. En tout cas, avec les deux premiers.

Corbeau perplexe, Prasad fonçait les sourcils.

— Possible, oui. Que s'est-il passé au Bengale qui la concerne ? Là, nous nageons absolument. On a fouillé son bungalow et toutes ses affaires sans rien découvrir qui puisse nous éclairer. On a quand même trouvé un brouillon de testament olographe déshéritant les parents, mais personne ne sait encore à combien se monte cet « héritage », ni où se cache le magot, qui a d'ailleurs pu être volé. Il y avait aussi un étui vide de cette gomme que mâche O'Hara et un livre sur le yoga appartenant à Miron. Mais on sait que ce sont des indices négligeables et de piètres pièces à conviction. Des empreintes, il y en a des tas partout dans la baraque, mais ce sont pour la plupart celles de la victime ou de son frère surimposées. Les autres devaient porter des gants. A part ça, tout avait déjà été chamboulé dans le bungalow par les agresseurs – un vrai ramdam – et ils ont très bien pu faire disparaître certaines preuves compromettantes. Ils sont sûrement allés jusque-là en voiture par la plage, à marée basse, mais les traces des pneus dans le sable ont été effacées par la marée haute. L'oncle de Sumitrâ, que j'ai interrogé entre deux cuites, ainsi que ses voisins, ont fourni à ce Dîlip, un ancien galant éconduit de la fille et qui n'a pas très bonne réputation, un alibi jusqu'ici tout à fait plausible. Je n'avais pas encore eu l'occasion de vous en parler mais vous l'avez peut-être deviné, car vous êtes très fort. Quant au pli urgent qu'on vient de m'apporter, inutile d'essayer de lire à travers l'enveloppe, il ne concerne pas notre affaire.

Avec un clin d'œil, Prasad leva la feuille que Doc avait tenté de lire par transparence. Doc ne réagit pas et déclara avec une nonchalance étudiée :

— Si vous mangez tous ces œufs, je ne réponds pas de votre état. Ah oui ! Demain ou après-demain, si vous n'y voyez pas d'inconvénient, j'irai jeter un coup d'œil à ce bungalow. Si je trouve quelque chose, je vous appelle.

— Parole de brahmane ?

Chapitre 10

Le bruit du ressac sur la plage berçait ses souvenirs. C'était le jour de la fête des chars et
Vasantâ lui avait offert un jeu de bracelets assor-
tis à son sari couleur de potiron. Dans la foule,
Dîlip, qui voulait l'empêcher de se promener
avec ces « foutus brahmanes », avait essayé de la
retenir en l'agrippant et en la menaçant. Lorsqu'elle avait rejoint ses amis, elle ne voyait dans
la foule que Doc, souple et vif avec sa chevelure
mouvante et son parapluie de combat, alors que
lui avait eu un peu de mal à la distinguer parmi
les autres. Il avait dû remarquer ses nouveaux
bracelets, ainsi que les traces de lutte sur ses
bras, mais ni lui ni elle n'avaient rien dit.

Les souvenirs allaient et venaient au rythme
des vagues. Rêveuse, elle était en train d'évoquer une période plus éloignée de sa vie passée
quand elle entendit un bruit inhabituel. Rares
étaient ceux qui roulaient en voiture sur cette
plage. Qui pouvait bien venir par ici ?

Comme elle avait souffert quand on l'avait
arrachée à son amoureux à la suite de cette

malencontreuse partie de dés ! Avait-elle été amoureuse de Manduth, le marlou de Bombay ? Sans doute, elle était si jeune alors, si seule et si triste, et lui si joli garçon. Et si persuasif et attentionné, du moins au début. Mais comme il l'avait vite dégoûtée à boire sans retenue, à rentrer toujours ivre, à se montrer de plus en plus brutal et exigeant. Comme elle l'avait haï ! Et comme elle avait bien su résister à ses tentatives réitérées de l'obliger à revendre sa sale drogue. Il patientait pourtant, et revenait sans cesse à la charge. Avait-il patienté si longtemps parce qu'il l'aimait ? Ou voyait-il plutôt en elle une excellente vendeuse quand elle le voulait bien ? En tout état de cause, elle n'avait jamais cédé et si elle avait fini par faire ce qu'elle avait fait, il l'avait bien cherché et elle ne regrettait rien. « Tu m'as coûté assez cher, espèce de garce ! » Il avait eu tort, il n'aurait jamais dû lui répéter ces mots au cours de leur dernière querelle.

On l'avait acquittée après un court procès et envoyée en rééducation et là, elle avait saisi sa chance. Résolue à changer totalement de vie, elle avait appris à lire et à écrire et avait quitté le centre avec un petit pécule et de bonnes recommandations. Puis elle avait vécu ici et là et elle était en effet devenue une excellente vendeuse. Manduth avait vu juste, mais il se trompait sur la nature de la marchandise car elle avait préféré se spécialiser dans la vente de colifichets. De la camelote aussi, mais d'un tout autre genre. A

Mahâbalipuram, avec un peu d'habileté, on arrivait à vendre ce genre de camelote presque aussi bien que l'autre. Mais si elle y était revenue, c'était en fait pour ne pas perdre de vue son petit frère. Quant aux hommes qui n'avaient jamais cessé de lui tourner autour, elle n'avait eu aucun mal à les repousser. Même si certains garçons étaient charmants – Dilîp l'était vraiment quand ils étaient petits –, même si certains touristes étrangers ne lui déplaisaient pas – elle pensait notamment à Paul ou à Brian –, l'amour physique, elle n'en voulait plus. Ce que, toute jeune, elle avait été contrainte de vivre l'en avait dégoûtée.

Des truands, proches de ce Manduth qu'elle avait poignardé à Bombay, avaient bien cherché à le venger mais elle s'en était toujours tirée. Puis une autre bande de petits truands locaux avait pris le relais : les activités qu'elle menait désormais semblaient les intéresser. Elle était devenue non plus la meurtrière qu'on peut toujours dénoncer pour briser sa réputation d'honnête commerçante, mais une empêcheuse de dealer en rond et, encore plus contrariant, une vache à lait récalcitrante. Pourquoi ne voulait-elle pas partager ses gains substantiels avec eux qui savaient comment employer l'argent à autre chose qu'à des fadaises pour aider les enfants ? Jusqu'ici cependant, ils n'avaient pas osé lui infliger ce qu'on destinait couramment aux concurrents ou aux gêneurs, une balle dans la nuque. C'étaient décidément des minables !

Depuis qu'elle connaissait Doc, sa vie avait pris encore une nouvelle tournure. Ah ! Ses beaux yeux bruns pétillants de malice, son charme indéfinissable – elle voyait bien comment le regardaient les autres femmes –, sa voix reconnaissable entre toutes, son agilité, sa manie des feintes et des passes d'armes avec un simple parapluie ! Et les histoires qu'il avait toujours à raconter ! Pourtant, en apparence, rien n'avait vraiment changé. Elle ne lui était rien et jamais elle n'aurait osé lui laisser deviner l'effet qu'il produisait sur elle. Elle avait juré que plus jamais aucun homme ne lui plairait et elle s'était trompée. Mais à quoi bon, rien de ce genre ne pouvait exister avec Doc, qui ne voyait en elle que la sœur du garçon qu'il avait pris sous sa protection. Cependant, elle n'aurait échangé ces rares rencontres avec lui contre aucun autre bonheur plus à sa portée, plus concret, plus durable peut-être.

Avec un miaulement muet, le chat s'était enfui par la fenêtre. La voiture s'était arrêtée tout près du bungalow et elle avait tout de suite compris. « Les voilà de nouveau. Et si cette fois c'était pour me faire tout payer d'un coup, la mort de Manduth, la concurrence déloyale, les obstacles à leur sale petit trafic et le refus de casquer ? » Consacrer ses économies à soulager la misère des enfants leur paraissait le comble de la futilité. Les enfants sont là pour rapporter, c'est tout. Leurs conditions de travail, on s'en fout.

Sans proférer une seule parole, ils avaient mis à sac le petit bungalow. Ils fouillaient, saccageant tout consciencieusement. Quel ramdam ! Elle ne connaissait aucun d'entre eux, mais celui qui lui paraissait le plus odieux était le petit frisé avec des dents en or et qui portait de drôles de gants malgré la chaleur. C'était le plus agité et il puait fort l'alcool. « Au cas où les choses se gâteraient, je devrais cacher un message quelque part. Mais comment faire pour qu'on ne me voie pas ? Ne serait-ce pas ce sale poivrot qui a l'air de se cacher dehors ? Il ne viendrait pas à mon secours, le lâche. Il m'en a toujours voulu. Mais ce serait tout de même étonnant qu'il soit là. A moins que… Le message, il faut que j'arrive à en laisser un. Je peux faire confiance à Doc, il saura dénicher n'importe où le signe que je lui aurai laissé.

« Il m'a forcée à boire. Curieux que ce ne soit pas de l'alcool… Si ! Il y en a quand même ! Et si c'était pire que de l'alcool ? Oui, quelque chose que je déteste encore plus que l'alcool. Dans ce Coca, il y avait autre chose que de l'alcool, j'en suis sûre maintenant, je le sens déjà. J'ai tellement envie de rire que c'en est ridicule, mais il faut que je me retienne. Le message pour Doc et Lakshman, j'ai bien fait de le laisser là où je l'ai mis. Et l'autre idiot qui n'a rien vu ! Je sens que je serais tout à fait capable d'éclater en sanglots, mais je ne dois pas leur faire ce plaisir. J'ai les jambes en coton, mais ça paraît délicieux. Tiens, ils sont partis. Sauf le frisé qui a aussi une balafre blanche sur le visage, à ce que je vois. Celui-là, je l'ai déjà vu quelque part. Ils trouveront mon message et pour peu que l'Echalas…

non, l'Echassier soit en ce moment embusqué derrière un palmier à les observer, ils sont cuits. Inexorable, ma vengeance me… Ne pas rire, ne pas pleurer non plus. Ils sont encore là alors que je les croyais partis. Tenir jusqu'au départ du frisé qui empeste le *toddy*. Comme mon nomade de père. Celui-là, je l'entends encore déclamer, et comme ça faisait rire ma mère. Elle l'aimait tellement, lui, qu'il ne lui restait pas assez d'amour pour moi. Ni pour me bercer, me masser comme font les autres mères à leur bébé. On dit qu'il faut les masser dès la naissance et au moins pendant un an avec de l'huile de coprah parfumée. On dit que c'est bon pour tout, que ça éloigne le mauvais sort, les maladies, les boutons, la solitude. Tous les maléfices. Mais elle n'en avait pas le temps, trop occupée d'elle-même et de son petit mari chéri, pour étendre les jambes et y poser son bébé, sur le dos, puis sur le ventre, et lui étirer doucement le cou, les bras, les jambes, en lui fredonnant une petite berceuse.

> *Dors,*
> *Dors, mon trésor,*
> *Mon agnelet,*
> *Mon roitelet.*
> *Toi,*
> *Mon gracieux éléphanteau,*
> *Et mon très sage serpenteau.*
> *Toi,*
> *Mon joli rayon de miel,*

Mon tout-petit, mon soleil.
Dors,
Dors, sois bien sage, et motus !
Mon bébé-fleur de lotus.

« Mais je délire, ma parole à chantonner comme ça ! C'est vraiment le moment ! Ah ! la voix de ma mère, et son rire forcé, faussement cristallin. Moi aussi, je pourrais rire jusqu'à demain sans m'arrêter. Je me sens légère, irréelle, complètement dans les vapes. Je n'aurais jamais cru. On appelle ça planer. Ils peuvent bien me faire ce qu'ils veulent. D'ailleurs, j'ai dû y échapper encore une fois. Ils m'ont droguée, oui c'est bien ça, et ils vont repartir. C'était pour me donner encore une leçon. Ou bien était-ce une dose pour me tuer ? Je revois encore l'air taquin de Doc quand il m'a dit un jour que même celui qui ne croit pas en Dieu est une création divine. Je n'ai jamais su quand il était sérieux ou pas, mais pourquoi y repenser en ce moment ? Je me sens tellement bien que je mourrais avec plaisir.

« Qu'est-ce qu'il me veut, celui-là, à s'approcher comme ça avec son sale air ? »

— Il n'y a vraiment pas de quoi chanter, je t'assure ! Tu sais que tu nous coûtes cher, espèce de garce, et qu'on commence à en avoir sérieusement marre !

« Il n'aurait pas dû me dire ça. Non, il n'aurait pas dû. Je ne peux pas laisser passer ça. C'est la seule chose que je ne supporte pas qu'on me dise et tous finissent par le dire ! Tous ! Mon père, mon oncle, Manduth ou encore Dîlip et maintenant ce petit malfrat. Le couteau là-bas, si je pouvais l'attraper sans qu'il me voie... »

— Dire que j'allais t'épargner et que toi tu as tenté de me tuer avec ton couteau, espèce de roulure malfaisante, comme tu as tué l'autre il y a des années, alors qu'il prenait soin de toi. Tu refuses de te prostituer alors que tu es faite pour ça, de nous aider à fourguer la camelote alors que tu es la meilleure vendeuse du coin, de partager les fortunes que tu gagnes avec tes saloperies de coquillages ou que te donne ton protecteur, le brahmane lubrique. Tu préfères consacrer ton fric aux-z-enfants-malheureux ! Voyez-vous ça, la poseuse joue aux riches bienfaitrices ! Tiens, prends ça, tu t'en souviendras. Ou peut-être que tu ne te souviendras plus jamais de rien. Et tu as encore le culot de vouloir t'accrocher à moi en tombant, tu doutes de rien, toi, décidément !

« Ah ! On dirait que le soleil s'est voilé et que le paysage a perdu ses couleurs. Mes dents ! J'ai dû les cogner sur le sol en tombant, mais je n'ai rien senti. C'est drôle, ce sont les dents de la chance qui se sont cassées ! Surtout envie de rire. J'entends quelqu'un d'autre qui rit. Ils ne sont pas partis. Et même, je vois là sur le seuil quelqu'un que je connais très bien et qui a l'air de me prendre en pitié. Mais non, ce n'est pas possible qu'il soit là avec mes ennemis. Quant au coup féroce qu'on m'a donné à la tête, je ne l'ai pas senti non plus mais tout a basculé. Je ne vois plus personne, cette fois ils sont partis pour de bon et j'irai peut-être mieux tout à l'heure quand j'aurai pu me relever. Si l'Echassier est dans le coin, il va venir m'aider. Qui sont ces gens qui passent à toute vitesse, légers, insouciants ? Je les connais. Mes parents, figurines minables prenant des airs majestueux. Rohinî, le jour de notre première rencontre, encombrée de paquets qu'elle laissait tomber et ramassait en riant, sans jamais s'énerver. Kiran Bedi, la mine sévère, le visage grave comme quand elle était sur le point de me dire quelque chose d'important. Doc. Lakshman qui part pour ses cours, toujours pressé. Manduth qui saigne mais n'a pas l'air de le savoir. C'est bien Doc que je vois se promener le long des vagues. Est-ce que pour une fois il va m'attendre ? Comme il paraît jeune ! L'Echassier ne doit pas être là, il serait venu me relever. Il va venir. Comme tous ces gens qui passent et que je connais ont l'air jeunes et insouciants ! Insouciants comme moi en ce moment. Je me sens si légère que je pourrais m'envoler…

« Pour éviter le mauvais œil, j'aurais dû renoncer à porter des saris brillants et à huiler mes cheveux. J'aurais mieux fait de toujours avoir sur moi un citron amer et au doigt un anneau de fer pour repousser les attaques de Yama. Je n'aurais jamais dû non plus… Quelle horreur ! Qui a bien pu mettre cette lampe sur le sol ? Qui m'a fait ça ? On ne pose les lampes par terre que quand il y a un mort ! Seigneur ! Ils n'ont pas dû partir, je n'ai pas entendu démarrer leur voiture. Qu'est-ce qu'ils attendent ? Que je me relève pour m'abattre encore ? Et cette mousson larvée et ce palmier déraciné par la tempête que j'avais déjà remarqué hier matin, je le vois à l'endroit, à l'envers, à l'end… »

— En somme, tout ce que vous avez écha-faudé, Prasad et toi, s'apparenterait à une vérité qu'on ne connaîtra jamais tout à fait ?

La voix chaude et grave d'Arjun, son grand front et son regard profond suffisaient à mettre Doc en joie. Avec son ami, il pouvait « philoso-pher » tout son soûl.

— Tu penses comme moi à Patanjali ? Oui, la compréhension d'une réalité est immanquable-ment influencée par d'inévitables inférences et références. Mais cela, c'est dans le meilleur des cas. Sinon,

pramânaviparyayavikalpanidrâsmrtayah,

« tout mental qui appréhende une réalité est en butte à l'emprise trompeuse de la confusion, de l'imagination, de la pesanteur, des souvenirs ».

Ensemble, ils avaient bellement scandé le *sûtra* de Patanjali. Ensemble, ils avaient une nouvelle fois goûté à la majesté et à la plénitude de la langue sanskrite. Leur prononciation sans défaut leur procurait toujours une joie sans pareille. Il n'y avait rien d'autre à ajouter, sauf pour rire.

— Et tu sais quelle a été la dernière phrase de l'inspecteur Prasad quand je l'ai quitté hier en lui disant que je l'appellerais si je trouvais du nouveau dans les affaires de Sumitrâ ? Il m'a demandé de son air le plus sérieux : « Parole de brahmane ? »

Doc et Arjun éclatèrent de rire et leurs regards se posèrent sur le bosquet de bananiers nains que Vasantâ, l'épouse de Doc, venait de planter tout près de la véranda. Puis leurs yeux suivirent avec plaisir les évolutions de la jeune femme qui arrosait maintenant ses nouvelles plantations, ainsi qu'un petit massif de coloquintes en fleur. Cette année encore aurait lieu le miracle des courges : graines jetées sur des débris qu'il suffisait d'arroser pour voir surgir les fleurs les plus gracieuses, suivies de fruits ronds ou longs, comme le curieux *murungakai*, dont la fadeur ne peut être compensée que par le tour de main d'une bonne cuisinière. Se sentant observée, la jeune femme leur sourit et de jolies fossettes apparurent sur son visage mutin alors qu'elle inspectait un à un ses pots de *tulasî*. Elle appréciait beaucoup d'avoir les deux hommes là tout près d'elle, profitant de la fraîcheur de la véranda, vêtus seulement d'un *dhoti* blanc enroulé autour des reins, la tenue la plus confortable pour rester à la maison par ces chaleurs.

Quelques instants plus tard, elle leur apportait un lait d'amandes saupoudré d'éclats de noix de cajou et de pistaches et bien frappé.

161

— C'est ainsi que vous l'aimez, n'est-ce pas ?

Sans attendre de réponse à ce qui était d'ailleurs une affirmation, elle ramassa son sari d'un geste habile et s'assit à leurs pieds à même le sol pour mieux profiter de la fraîcheur du dallage. Les deux hommes se dirent qu'elle était ravissante dans ces deux couleurs, rouge et violet, qui rappelaient la fleur de fuchsia. Pour exprimer que la maison n'existe pas sans elle, le *Panchatantra* dit, on ne peut plus justement, « ce n'est pas la maison qui est la maison, c'est la maîtresse de maison ». La gaieté charmante de Vasantâ faisait en effet de sa maison un séjour délicieux. Refusant d'un geste vif la place que chacun d'eux lui offrait sur la balancelle, elle demanda :

— Il t'a dit « parole de brahmane » pour te forcer à la tenir ou parce qu'il croit qu'un brahmane ne peut pas se tromper et que tout ce qu'il dit se réalise ?

Fine mouche, Vasantâ avait résumé la situation et il n'y avait pas à épiloguer. De peur de blesser la sensibilité de son épouse, Doc hésitait à raconter ce qu'il avait vu en quittant Mahâbalipuram la veille. Finalement, n'y tenant plus, il lança sur le ton de la plaisanterie :

— Figurez-vous qu'un vieux bonhomme, très astucieux ma foi, et qui a un sens inné à la fois de la mise en scène et du commerce, fait visiter pour quelques pièces l'endroit où Sumitrâ a été tuée. Il promène les curieux du seuil du bungalow, dont l'accès est interdit, à l'endroit du

Ramdam à Mahâbalipuram

rivage où le corps a été rejeté par les flots. Il y a
là un palmier brisé du plus bel effet. C'est dra-
matique à souhait et les gens ne cessent de venir
toujours plus nombreux et plus curieux. La visite
guidée revient tout de même à un quart de roupie.

Son récit ne suscita aucun commentaire. Perdue dans ses pensées, Vasantâ regardait au loin,
bien au-delà du mur du jardin.

Elle avait beau être maligne et rouée, son
esprit n'en était pas moins simple et sans
détours, et son cœur généreux se souciait toujours des autres. Par pure bonté, elle s'était
depuis le début intéressée au sort de Lakshman
et de Sumitrâ et très vite elle les avait considérés
comme des membres de la famille. N'avait-elle
pas hébergé le garçon près d'un an chez elle et
ne l'avait-elle pas traité alors à l'égal de ses
propres enfants ? D'ailleurs Nîlâ et Suresh
n'étaient-ils pas attachés à Sumitrâ et à Lakshman autant qu'à leurs proches cousins ? Assurément, Vasantâ était pourvue d'un sens fort
développé de la famille. Doc, lors de ses déplacements, avait parfois rencontré Sumitrâ. Quoi
de plus normal ? Il avait toujours joui d'une
totale liberté et, en bonne épouse qui n'est pas
censée empoisonner la vie de son mari mais au
contraire l'alléger, elle se contentait la plupart du
temps des récits, détaillés ou pas, qu'il voulait
bien lui faire de ses déplacements. En revanche,
elle en profitait toujours pour lui faire porter un
paquet, un cadeau à tel ami ou parent. Elle avait

163

tout naturellement agi de même à l'égard de Sumitrâ.

« Doc a vraiment le chic pour trouver la clé des énigmes, qu'elles soient policières ou pas. Ses raisonnements, sa science de la logique, sont imbattables. Il connaît tous les *shâstra*, or à ce qu'on dit les *shâstra* contiennent toutes les réponses à toutes les questions. Mais encore faut-il savoir les trouver. Lui, excelle à les trouver. Ce n'est pas pour rien que ses camarades d'études le traitaient d'ordinateur. Je ne connais personne de plus doué que lui, pas même Arjun. Et c'est grâce à ses dons hors du commun qu'il a déjà plus d'une fois contribué par hasard à démasquer un criminel. »

Son joli minois s'assombrit à la pensée de la fille de cette ancienne voisine, cruellement assassinée[1]. Seul Doc, dans ce cas compliqué, avait su retrouver le meurtrier. Justement parce que c'était si compliqué. Il n'avait rien d'un policier, et pourtant il remarquait tout, s'intéressait à chaque détail, se montrait curieux de chaque événement. Sûrement, cette fois encore, Doc allait réussir. Il le fallait : les meurtriers de la pauvre Sumitrâ n'avaient pas le droit de profiter d'une liberté si peu méritée.

« Ce qui me paraît le plus incompréhensible, c'est son insensibilité apparente. Bien sûr, on lui a appris l'impavidité. Et son métier n'a pu que renforcer cette qualité. Mais je trouve étonnant

---

1. Voir *Nuit blanche à Madras*.

qu'il n'ait manifesté aucun chagrin pour la mort de cette malheureuse Sumitrâ. C'est sans doute mieux pour lui qu'il soit ainsi, mais c'est curieux alors qu'il se montre si tendre envers moi et les enfants. »

Emue, la belle Vasantâ leva la main vers le collier de perles d'or qu'elle portait au cou, le *mangala-sûtra* que, selon l'usage, Doc lui avait donné pour leur mariage. C'était décidément un mari lui aussi en or et elle décida de le gâter encore plus désormais.

Dès qu'il reviendrait de son prochain voyage à Mahâbalipuram, elle lui concocterait des petits plats fins qui le feraient saliver de plaisir. Dans son imagination défilèrent aussitôt d'appétissants *dosa*, *vada*, *samosa, pakora*, saisis à point dans une friture aérienne. Dans son imagination, l'énorme beignet du *chana batura* trônait sur une soupe de pois chiches, follement épicée comme il les aimait, et qui embaumait. Tout comme les *bhaji* à l'oignon. Les *paratha* fumants ruisselaient de *ghee* doré et le *biryani* coloré par toutes ses épices mettait l'eau à la bouche. Vasantâ rêvait, les lèvres humides, légèrement entrouvertes d'admiration et les yeux brillants de fierté devant tant de réussites culinaires à venir.

Car, se disait-elle avec satisfaction, son époux était un gourmand. Ou plutôt un gourmet avec un appétit d'oiseau. Une poignée de graines, une bouchée de riz ou de *halwa*, quelques cuillerées de yaourt ou de crème de cardamome. Cela lui suffisait. Ce qu'il préférait, c'était regarder manger les autres. Il trouvait cela « instructif ». Ne lui avait-il pas fait remarquer un jour que Sumitrâ mangeait avec appétit mais sans volupté aucune ? Ou plutôt, avec une volupté refoulée ? Vasantâ n'avait pas bien compris.

Un léger sourire s'attardait sur son visage quand elle se leva pour remporter les verres et laisser les deux hommes poursuivre leur interminable conversation. Les cataractes de mots tamouls, trillés et nasalisés, achoppaient parfois sur le galet rond et doux d'un mot anglais, ce qui rendait souvent cocasse l'écoute de leurs discours intarissables. Distraitement mais non sans plaisir, Arjun et Doc suivirent des yeux le déhanchement harmonieux qui agrémentait la démarche de la jeune femme.

Chapitre 11

La seule trace de vie dans le bungalow dévasté était un gecko de belle taille qui se précipita derrière une étagère cassée en faisant un drôle de bruit. En ouvrant la porte, Doc n'eut que le temps d'apercevoir sa queue. Il allait poser son parapluie dans un coin, mais à la vue du désordre navrant qui régnait dans la pièce, il se ravisa et le garda à la main. Poser son précieux bâton de combat au milieu de tous ces débris souillés par la haine et la mort, il n'aurait pour rien au monde voulu lui infliger pareil affront. De plus, dans cette atmosphère de lutte, mieux valait sans doute rester armé et vigilant, prêt à se garder de toute attaque éventuelle.

Cette idée lui fit prendre une posture défensive, puis esquisser une passe d'armes offensive, destinée à parer un assaut imaginaire autant qu'à contrer l'ambiance hostile que conférait à l'endroit son aspect sens dessus dessous. La pièce sentait la rose. Sumitrâ ne lui avait-elle pas dit un jour qu'elle avait fait mélanger des pétales de roses séchés à la chaux des murs ? Il croyait savoir que c'était une pratique courante dans certaines régions où sont nombreuses les huttes en torchis.

Doc se mit à inspecter méthodiquement tous les objets brisés et les vêtements déchirés ou roulés en boule sur le sol. En ouvrant un placard, il perçut à nouveau un vague parfum de rose, mais il eut comme l'impression que c'était déjà un parfum de rose fanée. Par terre, il vit un vieux journal avec en titre : « PLUS DE LA MOITIÉ DES PROSTITUÉES DE KAMATHIPURAM SERAIENT SÉROPOSITIVES ». Il explorait toujours lorsqu'il tomba sur une sorte d'amulette que Vasantâ et les enfants avaient rapportée de Madurai pour Sumitrâ. Le petit objet de cuivre, représentant deux paons réunis par une queue commune, brillait intact sur des morceaux de verre. Un porte-bonheur dédié à la déesse Saras-vatî. Il le poussa du bout de son parapluie et détourna aussitôt les yeux pour regarder par la fenêtre. Un palmier déraciné par la tempête sem-blait occuper tout le paysage et il fallait tendre le cou pour apercevoir les vagues, au-delà.

Les vagues. Il se la rappelait qui courait le long de leurs crêtes écumeuses, riait lorsque se mouillait le bas de son sari violet et criait aux enfants de l'attendre. La mobilité de ses traits la rendait autre chaque fois, comme si avaient existé des dizaines de Sumitrâ différentes. Depuis qu'il avait entrevu plusieurs Sumitrâ à travers les souvenirs variés que les autres avaient d'elle, cela le frappait avec plus d'évidence.

Quelques saris de travail pendaient à un clou,
tandis que des tenues plus habillées, qu'il ne lui
avait pas toutes vues, étaient dépliées ou lacérées
sur des étagères malmenées. Une ou deux
affiches du *Râmâyana* et du *Mahâbhârata*, arra-
chées des murs, ainsi qu'un grand chromo représentant Shiva, gisaient au sol. Une marionnette
désarticulée figurant Sîtâ, ou plutôt à y regarder
de plus près, Draupadî, essayait de tendre ses
bras brisés vers le ciel. « C'est elle que j'aurais
voulu être. Elle avait cinq époux, alors que je
n'en aurai jamais la moitié d'un. » Son sens de
la repartie, elle le devait apparemment à sa
longue expérience du théâtre. Mais tout de
même, ces affinités avec la glorieuse héroïne,
qu'elles fussent imaginaires, réelles ou bien
encore construites, avaient sans nul doute
influencé la vie de Sumitrâ. L'identification à un
personnage entraîne forcément des similitudes
entre les deux existences, par association d'idées
tout d'abord, par association de hasards et
enchaînements de faits ensuite. C'était en tout
cas plausible, se disait Doc en regardant autour
de lui.

C'était un saccage en règle. Il se faisait cette
réflexion lorsqu'il remarqua quelques livres à la
jaquette déchirée qui semblaient avoir été jetés
au sol et piétinés avec sauvagerie. Le *Râmâyana*,
bien sûr, dans la version tamoule de Kamban.
Quelques romans modernes, traduits de l'hindî,
célèbres pour leur critique acerbe des abus
envers les femmes dans la société indienne. *Le*

Bout sale du sari de Phanshâvarnâtha Renu, ainsi que plusieurs livres très connus de Premchand, toujours sur le même thème. Il feuilleta distraitement une pièce fameuse d'Appârâo, traduite du telugu, *Le Prix de l'épouse*, qui fustigeait sans équivoque le système des castes et ses abus, ainsi que la prostitution et les mariages d'enfants.

Il sourit en apercevant sous des feuillets arrachés la couverture d'une version populaire tamoule du *Panchatantra*. C'était lui qui lui avait donné ce livre et, d'après son état d'usure, on voyait qu'elle l'avait beaucoup pratiqué depuis. Pauvre *Panchgulâb* ! Voilà tout ce qui restait d'une vie, courte certes mais bien remplie, quelques effets pitoyables et une dizaine de livres inutilisables. Il sursauta en voyant la lampe sur le sol, car il savait Sumitrâ superstitieuse et se demandait qui avait pu placer ainsi cette lampe, puisque c'était généralement le signe que quelqu'un se mourait ou avait déjà rendu l'âme. La vue d'un minuscule polochon en toile orange éventré lui fit le même effet déplaisant : c'était comme si on avait violé cet objet intime pour y chercher argent ou documents. Les extrémités du petit coussin, jaunes avec des cercles foncés, ressemblaient à des cibles. Cette fois, ils avaient mis en plein dans le mille.

Un crachat de jus de chique sur le seuil attira son attention. Quoique sec, l'ADN contenu dans la salive serait probablement encore repérable. Mais, comme le lui avait dit Prasad à qui cet

indice n'avait pas échappé, cette affaire ne bran-
cherait sûrement pas les gars du labo concerné et
d'ailleurs le test, capable de révéler l'empreinte
génétique du cracheur, coûtait bien trop cher
pour un labo aussi pauvre. Tout le contraire de
celui du FBI qu'on dit si luxueux, avait conclu le
corbeau pince-sans-rire.

C'est alors que, soulevant le *Panchatantra* du
bout de sa sandale, Doc crut entrevoir une feuille
d'un ton légèrement plus foncé que les autres. Il
se pencha et l'extirpa du livre. C'était une sorte de
prospectus où l'on pouvait lire en gros caractères :

RÉVOLUTION DANS LE CRÉDIT

et qui annonçait pour bientôt l'arrivée dans la
région d'une branche de la « Banque des villa-
geois », filiale indienne de la *Grameen Bank*,
organisme bangladais dont le nom lui parut
familier mais sans signification particulière.

Tout d'abord, Doc ne vit pas l'intérêt de ce
papier. Une simple publicité pour une nouvelle
banque glissée là comme signet. Toutefois, en
retournant le papier, il crut lire quelques gri-
bouillis au crayon. Etait-ce de la main de Sumitrâ ? Peut-être. S'approchant d'une des fenêtres,
il lut une date proche et un nombre, le 33. Ce
nombre, le même que celui que portait le
cadavre de Sumitrâ, le fit frémir. Ailleurs, en
majuscules bancales à peine lisibles, un mot
incomplet, MOR. Un emballage de tabac
déchiré, de la marque Sugandhsagar, assez
répandue, était collé au bas du prospectus.

L'inspecteur Prasad avait bien questionné la fille du Kerala sur des relations que Sumitrâ aurait entretenues avec des inconnus au Bangladesh ou au Bengale. Mais oui ! La date griffonnée à la hâte était peut-être celle de l'ouverture d'une succursale ambulante de la banque en question à Mahâbalipuram. Ce numéro 33, était-ce un message astucieux, une effroyable prémonition, une simple coïncidence ? Qu'avait-elle voulu dire, si c'était bien un message ? Sans y penser, il ouvrit le *Panchatantra* à la page trente-trois et vit aussitôt une phrase fortement soulignée, alors que d'autres, ailleurs, étaient signalées par des signes plus discrets. « La pierre à aiguiser affûte les lames, mais elle ne coupe pas. »

Ce qui revient en gros à dire que lorsqu'on est faible il faut user de moyens malins et forts. Sumitrâ avait-elle laissé cela pour lui ? Avait-elle voulu exprimer ce double sens ? Si oui, elle tentait peut-être de lui dire qu'elle était à l'origine de cette initiative, qu'elle allait se concrétiser, d'où la date, et que c'était justement ce qui lui valait cette punition. Mais aussi que, malgré son impuissance devant ses ennemis, elle employait un moyen malin – et qui pourrait se révéler efficace, si Doc le découvrait – pour confondre ses assassins. Même si cela pouvait paraître délirant, il était presque convaincu d'avoir compris.

La *Grameen Bank*. Il relut le prospectus. Bien sûr ! Qui n'avait pas entendu parler de cette banque peu banale spécialisée dans le microcrédit qui, depuis une douzaine d'années, prêtait avec succès aux plus démunis ? Maintenant, il y était tout à fait : il avait lu un reportage dans *Asiaweek* vantant les mérites de cet économiste hors norme, Mohammad Yunus, le « banquier du pauvre », qui avait fondé au Bangladesh l'établissement originel. Copiée dans plusieurs pays avec la bénédiction de Yunus, c'était la première banque au monde au service des pauvres, et son portefeuille, ainsi que le montant de ses prêts à des gens considérés comme insolvables par les banques classiques, ne cessaient d'augmenter.

Doc se rappelait aussi avoir lu dans le reportage que les crédits accordés étaient généralement peu importants mais suffisaient à acheter un lopin de terre, quelques animaux, des outils, et que les remboursements se faisaient scrupuleusement, avec seulement un ou deux pour cent d'impayés. La plupart des clients de ces banques étaient des femmes, et très vite on les avait considérées comme plus fiables et plus aptes à respecter les règles de vie prônées par l'organisme de crédit : hygiène, instruction, contrôle des naissances, protection des enfants, suppression de la dot. La banque avait fait du chemin depuis l'invention géniale d'une classe de financiers, les *Chettiâr*, qui auraient créé la première banque indienne au XVIᵉ siècle !

Voilà pourquoi Sumitrâ s'était intéressée à ce système et avait même réussi apparemment à implanter une filiale dans la région. Il comprenait enfin que le mystère de son passé ne résidait pas seulement dans ses déboires familiaux ou dans le meurtre d'un proxénète. C'était donc là son secret ! La vie de *Panchgulâb*, qu'il plaignait tout à l'heure, ne se résumait donc pas à un florissant commerce de coquillages, à un tas de vêtements en charpie et à quelques livres abîmés. Elle avait atteint le but qu'elle s'était fixé !

Et elle en était morte. Car il est bien connu que pareil système économique et pareille idéologie provoquent parmi les conservateurs, les mafieux et les gangsters une violente opposition qui se traduit toujours par mille difficultés et des attaques en règle. Ses assassins étaient peut-être liés à son passé lointain, mais c'était pour une raison purement économique et pour défendre leurs intérêts et ceux de leurs partenaires mafieux qu'ils l'avaient frappée cette fois et définitivement.

Il ressentit une certaine admiration pour Sumitrâ, qui avait eu l'astuce de lui laisser une explication en langage codé. A supposer que ce message en soit bien un et qu'il lui permette de retrouver les agresseurs de Sumitrâ, que dirait-il à Arjun, qu'il regrettait encore d'avoir froissé lors de leur promenade au phare, quand celui-ci lui demanderait, selon son habitude, de quel système il s'était aidé pour deviner ?

A présent, Doc était sûr de s'être inconsciemment inspiré de ce fameux texte que relisait toujours son grand-oncle, *Le Trésor des armes secrètes*. C'était en réalité une sorte de long poème politique plein d'enseignement. Encore tout jeune, il s'en était entiché après une visite aux somptueuses ruines de Hampi, l'antique Vijayanâgar, dont le rajah avait écrit ces maximes à l'usage des gouvernants. Ce roi-poète y décrivait les forces à mettre en œuvre en cas de conflit. D'abord, les armes de jet classiques, celles qu'on lance à la main ou bien à l'aide de machines ou encore au moyen d'imprécations. Puis il passait aux armes secrètes et l'une de celles qu'il conseillait le plus vivement était la psychologie. Il n'avait aucun mal à prouver que, dans bien des situations, un motif à force d'être répété produit un résultat autant qu'il l'explique et que, par conséquent, tout leitmotiv peut constituer la clé d'une énigme.

Doc pensa une fois de plus au concept de *dhvani* qui lui était cher [1], et que Sumitrâ semblait avoir utilisé, probablement sans le connaître : « Une chose dite fait partie du passé ; suggérée, elle offre encore toutes les possibilités. » Par une simple allusion, le sens caché des mots se révèle au-delà de leur sens courant, la relation souterraine entre les deux se fait jour et on en dit plus qu'il n'y paraît. Sumitrâ avait suggéré, à lui de conclure. Non, elle ne connaissait sûrement pas le concept de *dhvani* et lui-même ne pouvait se vanter, sans passer pour un fat, de lui avoir jamais rien appris. Prasad avait raison : il ne la connaissait pas du tout et ne pouvait

---

1. Voir *Coup bas à Hyderâbad.*

qu'être surpris par chaque détail qu'il découvrait sur elle. Pourtant, grâce à sa vive intelligence, elle avait compris comment il raisonnait et l'indice qu'elle laissait sous forme de rébus collait parfaitement avec la manière dont fonctionnait l'esprit de Doc. C'était l'essentiel, mais encore fallait-il que tout se vérifiât. Quant à MOR, le mot inachevé signifiait-il qu'elle savait sa mort imminente ? Cela paraissait trop simple.

Subitement, il lui sembla que la pièce s'assombrissait légèrement et, au même moment, il vit du coin de l'œil bouger quelque chose à travers la petite fenêtre qui donnait sur la véranda latérale. Rapide comme l'éclair, il s'en approcha en se baissant et en serrant son parapluie. Il brandit haut son arme et se tint prêt à bondir en avant. Deux petites têtes et deux paires d'yeux agrandis par la surprise revinrent se coller au carreau pour le contempler avec soulagement. Il reconnut l'Echassier.

Le jeune garçon, surnommé ainsi à cause de ses jambes longilignes et interminables, regardait Doc avec intensité. Il était accompagné d'une petite fille à l'air éveillé.

— Que faites-vous là, les enfants ?

Le garçon se balançait sur ses échasses tandis que la fillette souriait doucement en se tortillant pour essayer de jeter un coup d'œil à l'intérieur du bungalow.

— Ne restons pas ici. Je sais que tu aimais bien Sumitrâ. C'est trop triste de voir toutes ses affaires dans cet état. Allons sur la plage.

Doc s'éloigna à grands pas du bungalow en exécutant plusieurs séries de moulinets et de mouvements savants. Les deux enfants l'encadraient, suivant avec ravissement cette brillante démonstration de maniement du bâton de combat dans l'art du *kalaripayatt*. Leur crainte avait disparu.

— Aurais-tu vu quelque chose, toi qui viens souvent jouer dans les parages ? Quelque chose qui puisse renseigner la police sur les agresseurs de Sumitrâ ?

Muet, les yeux remplis de perplexité, le garçon se balançait d'un pied sur l'autre. Il finit par lâcher dans un soupir :

— Ah ! Sumi. Non, je ne sais rien.

Doc l'observait, persuadé du contraire. Il pensa que l'enfant avait peur de parler et que, de toute façon, il ne dirait jamais rien aux policiers, sauf peut-être si on l'y contraignait. Il décida de changer de tactique et demanda son prénom à la fillette.

— Prishnî.

Elle avait battu des cils en répondant et maintenant elle lui adressait le plus désarmant des sourires. Doc eut l'impression qu'elle aussi savait quelque chose et qu'elle ne se ferait pas prier longtemps pour le raconter. S'il en jugeait par les airs que prenait sa fille au même âge avant de faire un aveu, Prishnî était mûre pour le renseigner. Mais il ne fallait surtout pas la brusquer et encore moins braquer le garçon, qui sans doute en savait plus qu'elle.

177

— Sais-tu ce que ton nom veut dire en sans-krit ? *Rayon de lumière*. C'est joli, non ? Et je dirais même qu'il te va très bien.

Prishnî battit des cils encore une fois. Durant un court instant, elle dévisagea Doc. Celui-ci lui souriait et comme personne ne résistait à ce sou-rire, la fillette, prenant tout de même son temps, poussa du coude son compagnon avec un regard significatif. « On parle ? On lui dit ce qu'on sait ? Allez ! Si tu ne dis rien, je crois bien que je vais m'y mettre sans toi. » Doc avait l'im-pression de lire ces paroles sur son visage. Et c'est sûrement ce que l'Echassier y vit lui-même car tout à coup il se décida.

— Tais-toi, Prishnî. Laisse-moi d'abord demander quelque chose. C'est très grave, tu sais.

Il voulait être sûr à la fois qu'on attraperait les agresseurs de Sumitrâ et qu'ils n'auraient à raconter leur histoire qu'à Doc.

Celui-ci lui posa une main rassurante sur la tête et le regarda droit dans les yeux en lui pro-mettant que les assassins seraient punis et qu'eux, les enfants, ne seraient pas convoqués par les policiers. Ils s'assirent tous les trois sur le sable.

— On n'a pas vu grand-chose parce que, ce jour-là, on nous avait envoyés loin faire une course. Quand on a pu revenir jouer près de chez Sumi, il y avait une voiture qui démarrait.

— Une voiture ?

— Oui, c'était marée basse. Et quand il nous a aperçus, le conducteur nous a dit de décamper

Ramdam à Mahâbalipuram

d'un air menaçant. Alors on a couru le plus vite possible vers le village. Mais je ne me suis pas beaucoup inquiété parce que ce n'était pas la première visite de ce genre, et que chaque fois Sumi s'en sortait et me faisait signe de me taire. Ce coup-ci, comme j'avais remarqué qu'elle était dans la voiture et qu'elle avait l'air très calme, je ne me suis pas fait de souci. Si j'avais pensé qu'elle était en danger...

— Quoi ? Tu en es sûr ? Elle était vivante ?

— Oui, vivante.

— Non ! Elle dormait !

— Ah ! parce que toi tu es morte quand tu dors ?

L'Echassier avait l'air furieux et Prishnî se mordit les lèvres et ne dit plus rien.

— Continue, insista Doc avec une douceur qui tentait de masquer son impatience.

Il devinait que les gangsters avaient transporté dans leur voiture le cadavre de Sumitrâ pour le jeter à l'eau un peu plus loin et simuler la noyade. Tout comme Prasad, il se demandait pourquoi les assassins s'étaient débarrassés du corps si près.

— C'est tout.

On entendait à peine la voix du garçon. Doc réprima un mouvement de déception mais il dit comme s'il se parlait à lui-même :

— C'est tout ? Et je parie que vous ne pourriez même pas dire comment étaient ces gens ni de quelle couleur était leur voiture, ni sa marque.

179

Les yeux des enfants s'éclairèrent et ensemble ils s'écrièrent :

— Mais si ! Bien sûr qu'on peut !

Et d'un air sérieux, l'Echassier débita :

— Ils avaient une Morris grise avec des ailes vertes et des enjoliveurs chromés. Elle portait une plaque de Madras et j'ai noté ici l'immatriculation. MSR 4536.

Pendant qu'il sortait d'une poche de son short un minuscule papier plié couvert de pattes de mouche, Doc venait de comprendre que le mot inachevé MOR désignait la marque MORRIS et il revit nettement la voiture stationnée à Tirukalikunram et le journal nationaliste, *We Tamils*, sur le tableau de bord. Prishnî prit le relais :

— Le type qui avait l'air de commander les autres portait une chemise rose. Il avait des cheveux très frisés, une grosse bague en or et toutes les dents de devant aussi. Ah ! et une cicatrice très blanche sur la joue droite qui allait jusqu'au front de l'autre côté. Je le reconnaîtrais n'importe où. Quand il est remonté dans la voiture en enlevant ses… gants (elle avait hésité en prononçant le mot peu familier pour elle), qui faisaient un effet bizarre par cette chaleur, j'ai cru entendre que celui qui était au volant l'a appelé Ronu ou quelque chose comme ça. Il y en avait trois autres à l'arrière, dont un jeune et un vieux qui cachaient leur visage avec un journal.

A nouveau, elle se mordit les lèvres et se tut. Mais cette fois elle avait l'air plus tranquille. « Exactement comme ma fille quand elle a

180

avoué ce qui la tracasse », se dit Doc en lui souriant.

L'Echassier avait encore des détails à ajouter.

— Tu oublies de dire que ce type avait un automatique de calibre 38 qu'il a sorti pour nous effrayer.

Prishnî prit un air de petite peste pour répliquer :

— Je n'oublie rien. Mais je connais moins bien que toi ce genre de détails. L'automatique avait un manche en bois. Du noyer, je pense.

Le garçon haussa les épaules et ajouta :

— La carrosserie rabibochée de la voiture était plus ou moins blindée, en tout cas par endroits, et le moteur surcompressé avec double carburateur.

Doc était cette fois carrément estomaqué.

— Comment sais-tu tout cela, toi ?

— J'ai un frère mécanicien, et comme je vais souvent le voir travailler, j'apprends des tas de choses avec lui. D'ailleurs, il y avait sur le tableau de bord des boutons spéciaux, qui sont facilement repérables. Ah oui, quand ils ont redémarré après nous avoir menacés, ils ont essayé d'écraser le chat que Sumi nourrissait. Mais ils l'ont manqué. Cette voiture, elle a été gonflée et en partie blindée il y a sûrement très longtemps, et elle n'est pas bien entretenue. Elle perd de l'huile et on pouvait encore voir une trace de la fuite devant le bungalow, avant que la marée haute l'efface.

Stupéfait, Doc considérait les deux enfants qui avaient repris leur air innocent habituel. Il se demanda s'ils devaient leur incroyable don d'observation à la vie qu'ils menaient, passant plus de temps dans la rue qu'à l'école, et si ses propres enfants seraient capables d'en faire autant. Peut-être pas. Cette constatation l'agaça légèrement mais ce n'était pas le moment de s'en soucier. Il se leva et entraîna ses précieux témoins plus loin sur la plage, vers la cabane du marchand de glaces, tout en les félicitant à plusieurs reprises pour leur perspicacité.

Conscient de la confiance qu'on lui accordait, l'Echassier éprouvait une certaine fierté en quittant Doc. Quant à Prishnî, elle se sentait déjà un petit béguin pour lui.

Chapitre 12

Il posa précautionneusement son paquet de mangues sur une chaise avec son parapluie et il s'assit sur l'autre en attendant les *idli* qu'il venait de commander. Si Vasantâ l'avait accompagné, elle n'aurait pas manqué de le taquiner à propos de ces gâteaux de riz à la vapeur qu'il prétendait ne trouver parfaits que chez sa propre mère. Un jour, il faudrait qu'il lui avoue que les siens égalaient maintenant ceux de la vieille dame. Vasantâ n'en croirait pas ses oreilles et elle serait folle de joie, mais que deviendrait la plaisanterie ? Non, mieux valait attendre encore un peu et faire semblant de trouver tous les *idli*, y compris ceux de Vasantâ, inférieurs à ceux de sa mère.

Doc buvait pensivement son café au lait tout en considérant les mangues. Le juge Tilak, à qui elles étaient destinées, allait être agréablement surpris car c'étaient des mangues qu'on ne trouvait pas encore sur le marché. Vasantâ les avait dénichées à Mylapore, chez le mari d'une de ses amies, importateur de denrées de luxe.

Les *idli* arrivèrent et du premier coup d'œil il les jugea inférieurs à ceux de sa mère. Il y goûta à peine mais ne laissa rien du *sambar* ni du chutney à la menthe, tous deux épicés à souhait.

Il pensait aux deux enfants, l'Echassier et la petite Prishnî. Etonnants. Ils méritaient plus que des bonnes paroles et des glaces. Il fallait avant tout veiller à assurer leur scolarité, car l'écriture à peine lisible du garçon attestait assez que, malgré son esprit éveillé, il n'avait aucune instruction. Ce serait vraiment criminel de ne pas les soustraire au destin d'illettrés qui les attendait, comme d'ailleurs un enfant sur trois.

L'inspecteur Prasad avait été aussi ébahi que lui-même de ces témoignages plus précis et efficaces que ceux de bien des adultes. Comme il disposait d'un nom, d'un numéro de plaque minéralogique et de plusieurs descriptions détaillées des individus, de leur voiture et d'une de leurs armes, le policier avait mis ses collègues de Madras sur la piste des tueurs. On ne pouvait pas préjuger de ce qui leur arriverait, mais si on les retrouvait et si cela tombait au bon moment et arrangeait la police, ils risquaient d'être condamnés.

— J'avais vu juste, la Bedi lui avait bel et bien lavé le cerveau à cette gamine, et une fois éduquée et je dirais même rééduquée, elle n'a jamais cessé de lutter contre les voyous qui foutent en l'air la vie des gosses ! On ne peut pas jurer qu'on se donnera la peine d'arrêter ceux de Madras ou d'ailleurs, mais les gars d'ici qui auront trempé dans cette saloperie, j'en fais mon affaire ! avait affirmé le corbeau, d'humeur plus sombre encore que ses cernes. Quant aux parents…

Tout cela importait peu à Doc. Il n'avait pas été long à comprendre que le message de Sumitrâ était double : le prospectus, pour l'informer de ses activités cachées et du succès de son entreprise, et sur l'envers, le nombre 33 concernant le *Panchatantra*, enfin le mot inachevé pour signaler la marque de la voiture de ses agresseurs. Inachevé, parce qu'elle n'avait déjà plus la force d'écrire ou se sentait surveillée. Le bout d'emballage de tabac constituait aussi une indication, puisque l'oncle prisait et chiquait du tabac de cette marque. Dans une enquête, Doc le savait et Prasad l'avait confirmé, en tant qu'indice unique, c'était de peu de valeur. Et pourtant, ce bout de papier devait avoir une signification puisque c'était Sumitrâ qui l'avait volontairement collé au prospectus. Même si l'oncle et Dîlip ne l'avaient pas molestée eux-mêmes, ils avaient très bien pu participer à l'expédition fatale. Sinon, qui étaient donc les deux personnages dans la voiture qui dissimulaient leur visage ? Et même si ce n'était pas le cas, elle avait pu vouloir signaler par ce moyen des gens de l'entourage de son oncle. Il avait donc réussi à faire ouvrir une enquête inexistante et, grâce au hasard et aux enfants, elle avait une chance d'aboutir, c'était tout ce qui l'intéressait. La suite ne le concernait plus.

Pourtant, la suite l'avait intéressé. Au cours d'un interrogatoire soigné, « corsé », avait précisé l'inspecteur, et parce que Doc convaincu de la clarté du message laissé par la victime avait insisté, Prasad avait si bien manœuvré Dîlip que l'autre avait craqué et craché le morceau.

— En général, quand je procède à mes interrogatoires, je prends des gants avec les simples témoins, mais avec les suspects, alors là je m'en paie. L'air sadique de Prasad lorsqu'il avait fait à Doc cette confidence ne laissait aucun doute sur l'ambiance de cette petite séance.

L'alibi fourni par l'oncle et les voisins, affirmant que Dîlip était parti en voiture avec des amis le jour du meurtre, l'accablait au lieu de l'innocenter et grâce à ce qu'il savait déjà, l'inspecteur avait compris beaucoup d'autres choses. En effet, comme lui-même et Doc l'avaient supposé, Sumitrâ n'avait jamais représenté aux yeux de ses parents qu'une gêne, une source de dépenses, un objet de jalousie et un sombre avenir. Tremblant à la perspective d'avoir un jour à payer une dot pour elle, ils avaient préféré la vendre ou, ce qui revenait au même en plus humiliant, le père l'avait « perdue » au jeu parce que les dés étaient pipés. Pour une fois qu'elle aurait dû rapporter au lieu de coûter !

Nous y voilà, avait pensé Doc. Gêner, *coûter*, rapporter. Les propos offensants que ses parents n'avaient cessé de lui répéter, d'autres – le proxénète de Bombay, l'oncle, Dîlip, les truands – les avaient aussi proférés et, chaque fois, le déclic s'était produit. Sumitrâ avait quitté ses parents avec rancune, elle avait tué le maquereau, elle s'était révoltée contre les exactions, elle avait définitivement repoussé Dîlip, enfin elle avait frappé son agresseur. L'auteur du *Trésor des armes secrètes* avait vu juste ! Quelle acuité psychologique pour un poème en telugu du XVIe siècle ! Que de monarques avaient dû puiser dans ces conseils subtils une inspiration à leur comportement ! Ces innombrables traités, dits « miroirs des princes » et destinés à l'origine à l'éducation politique des rejetons royaux, tels le *Trésor* et le *Panchatantra*, pour ne citer que ces deux-là, s'étaient révélés depuis toujours des manuels de stratégie individuelle. L'éducation des princes n'était qu'un prétexte, chacun, prince ou pas, pouvait en user avec profit. Politique ? Après tout, qu'est-ce qui ne l'est pas ?

Les parents de Sumitrâ pensaient probablement ne plus en entendre parler, et lorsqu'elle était pourtant réapparue dans le seul but de s'occuper de son frère, ils y avaient vu une source de profit et n'avaient pas eu à s'en plaindre. Mais ces imbéciles avaient trop parlé – surtout le père, qui éprouvait toujours le besoin de s'épancher les nuits de beuverie – et l'oncle, lié à des truands locaux, les avait incités à intimider Sumitrâ pour lui soutirer son argent. Les petits truands en fréquentaient de plus grands et par eux ils avaient fini par apprendre le meurtre commis par Sumitrâ à Bombay, sa lutte contre la drogue, son implication dans des œuvres de bienfaisance, et les collectes de fonds dont elle était chargée. Leurs visites étaient donc devenues plus musclées. On la ménageait encore cependant dans l'espoir de la faire cracher. Et on se doute que ses parents, d'ailleurs absents la plupart du temps, et son oncle étaient trop intéressés et cupides pour ne pas laisser faire.

Seul Dilîp, encore très épris, à ce qu'il disait, de Sumitrâ, avait tenté de s'interposer. Mais lorsqu'il avait eu la certitude d'avoir perdu son affection par la faute de ce satané brahmane de Madras, il avait pensé, comme les autres, qu'une petite correction ne ferait pas de mal à cette pimbêche. Au cours de ses aveux, il l'avait aussi, à plusieurs reprises, traitée de meurtrière et de traînée mais à chaque insulte, comme pour la démentir, il essuyait une larme. Il avouait être devenu méchant avec elle et l'avoir brutalisée, et depuis le meurtre, il avait tenté par des menaces de provoquer le départ de l'Américain, pour attirer les soupçons sur l'étranger en fuite. Il avait également cherché en vain à persuader Lakshman d'accuser Brian du meurtre de sa sœur. Enfin, poussé par un malencontreux regain de rivalité, il avait fait la folie d'attaquer Doc et, alors là, il s'en mordait les doigts car ce type était plus fort et plus mauvais qu'un *râkshasa*.

Tracasseries, menaces, intimidations, humiliations auraient pu continuer longtemps si la dernière visite à Sumitrâ-la-crâneuse n'avait pas mal tourné. Cette fois-là, ils avaient décidé de se montrer un peu plus persuasifs et d'utiliser de la

Ramdam à Mahâbalipuram

drogue, parce que, plus encore que l'alcool, c'était ce qui faisait le plus horreur à cette fille. Il fallait convaincre cette bêcheuse de cesser tout à fait ses activités à la noix et de collaborer avec eux. Si l'oncle et lui-même étaient pour une fois présents, cela prouvait bien, aux dires de Dîlip, que la mort de Sumitrâ n'était pas préméditée. La bousculer violemment, saccager son univers et ses trésors à la recherche du magot, la droguer pour qu'elle n'oublie jamais ce dont ils étaient capables, puis aller l'immerger dans l'océan pour la faire revenir à elle, voilà ce qui était programmé. Pas de chance ! Le bain n'avait pas ressuscité la pauvre fille. Dîlip s'accrochait à cette version, mais Prasad savait bien que les tueurs n'avaient pas cherché à épargner Sumitrâ.

En revanche, il avait cru Dîlip lorsque celui-ci avait affirmé que c'était lui qui avait choisi l'endroit où jeter le cadavre de Sumitrâ. Il était le seul à savoir que là passait un courant qui ramènerait en peu de temps le corps à l'endroit du rivage où on l'avait en effet découvert. Le suspect disait avoir déjà vu des noyés tout blêmes et à la peau horriblement fripée, décolorée, pourrie, « bien pire que celle des *dhobi-wallah* » qui passent leur vie pieds et mains dans l'eau à laver le linge crasseux des autres. S'il voulait qu'on retrouve le corps, c'était pour que la morte, qui l'avait trahi mais qu'il aimait encore, ne soit pas trop détériorée et qu'elle ait quand même droit à des rites funèbres. Si on s'occupait décemment de la dépouille de Sumitrâ, retrouvée

189

grâce à sa connaissance des courants, il pouvait espérer la paix de leurs âmes à tous les deux. Car il ne cachait pas sa crainte d'être hanté pour le restant de ses jours par le fantôme sans sépulture. Faire disparaître un cadavre de la sorte, c'était à ses yeux ajouter la violence à la violence. Que lui, l'un des complices, s'y soit opposé, c'était en somme ce qui devait perdre les véritables meurtriers, eux qui voulaient condamner les mânes de Sumitrâ à la détresse suprême de l'errance.

Quant à l'inégale bataille avec Doc, Dîlip n'en avait omis aucun détail dans son récit. « Comme j'étais surpris de le voir s'accroupir bizarrement, le voilà qui saute en l'air comme un diable à ressort. Et c'est à ce moment-là que je reçois, sans comprendre ce qui m'arrive, un de ces coups du lapin comme on n'en fait plus. » Douleur fulgurante à la nuque, jambes flageolantes, impression de se dissoudre entièrement, la description était à la hauteur de l'événement. « Je n'ai pas dû rester dans les pommes bien longtemps, mais quand je suis revenu à moi, alors que je me croyais carrément mort, ce drôle de bonhomme était en train de me soigner avant de me laisser repartir, comme ça… » Il s'en frottait encore la nuque.

En rapportant à Doc ces propos, Prasad le dévisageait avec curiosité. Il devait se demander pourquoi celui-ci n'avait pas soufflé mot de cette attaque, sans deviner que Doc avait mis cet incident sur le compte d'une vengeance dictée par une rivalité supposée et n'avait pas souhaité donner corps à cette rivalité en en parlant. Lakshman, lui, avait tu la tentative de Dîlip parce qu'il pensait pouvoir se débrouiller seul avec lui. Le silence de Brian était dû à la peur que le mauvais garçon lui avait inspirée avec ses menaces. En tout cas, pensait Prasad, Doc pouvait en effet, à l'occasion, être « plus fort et plus mauvais » que l'un de ces féroces démons évoqués par sa victime.

Quand Doc se remit en route avec ses mangues et son parapluie, il se demanda à nouveau si tous les enfants étaient aussi observateurs ou si ceux-là étaient exceptionnels. Si tous les garçons avaient plutôt tendance à remarquer les détails techniques et les filles les détails vestimentaires et les caractéristiques physiques. Probablement.

Il se trouvait au sud-est de Kânchîpuram – alias Conjeevaram pour les Anglais – dans le petit Kânchî, et il se dirigea sans hésiter vers le temple Varadarâjaswâmî consacré à Vishnu. Il aimait contempler ce temple du plus pur style dravidien dans toute la splendeur de ses sept étages colorés. Il se dépêcha de parcourir la première enceinte, ouverte à tous, non sans considérer avec une certaine curiosité les touristes nombreux qui s'y étaient éparpillés, occupés à tout mitrailler de leurs caméras et appareils sophistiqués. Il traversa une grande cour remplie de *râtha* rangés sous de vastes hangars, les immenses chars sacrés promeneurs de divinités et d'idoles. On s'affairait autour d'eux, les nettoyant, les réparant et leur ôtant guirlandes et images. On en démontait même certains et autour s'agitaient des gens importants venus pour négocier. Quelqu'un expliquait que c'étaient des antiquaires accourus de partout pour racheter ces pièces détachées qui se vendent fort cher. L'œil intéressé de Doc suivit un instant les tractations animées des vendeurs avec des Indiens déguisés en Européens et des Européens déguisés en Indiens. On préparait en revanche pour une prochaine fête d'autres chars qui héritaient alors des images patinées et de guirlandes de fleurs fraîches, puisées à pleins paniers. Il repartit d'un bon pas et ne ralentit son allure qu'en atteignant la partie sacrée du temple, la plus proche du sanctuaire, réservée aux seuls hindous.

Dans la cour suivante, on vendait des ombrelles et des parapluies fort réputés puisqu'on venait de partout en Inde pour s'en procurer. Presque aussi prisés que ceux de Bénarès. Il était souvent venu par ici pour écouter ses amis, les fameux brahmanes *Aiyangâr*, réciter les *Veda* lors de certaines cérémonies. Saisissant le regard d'un des marchands, Doc jeta un coup d'œil sur son vieux parapluie défraîchi. Certes, son précieux bâton de combat faisait triste mine à côté des chefs-d'œuvre exposés, mais aucun des autres n'aurait su se battre, feinter, esquiver, frapper d'estoc ou de taille comme son irremplaçable

compagnon. Il le serra plus fort contre lui et
s'éloigna en suivant une petite procession menée
par un éléphant qui bénissait la foule en échange
de menue monnaie.

Il s'apprêtait à rebrousser chemin lorsqu'un
homme, bien plus grand que lui, lui barra le chemin.

— Un instant ! Ne soyez pas si pressé, nous
avons à parler.

Doc leva la tête mais, ne reconnaissant absolument pas son interlocuteur, il sourit aimablement et voulut continuer. L'autre l'arrêta à
nouveau.

— Souhaitez-vous que je vous dise le prénom
de votre mère ?

Cette fois, Doc éclata carrément de rire. Il
considéra la silhouette élégante et la serviette de
cuir usé que portait l'homme et qui lui donnait
l'allure d'un bureaucrate moyen et lui lança :

— Pour une révélation, c'en serait une !

— Ne riez pas ! Ce n'est pas parce que vous
le connaissez, vous, ce prénom, que ce ne serait
pas extraordinaire que je l'aie deviné, moi qui ne
connais ni votre mère ni vous.

L'insolence n'était pas pour déplaire à Doc
– il n'était pas Indien pour rien –, mais il avait
compris que l'autre devait être un devin en quête
d'une roupie et il n'avait que faire de ses révéla-
tions. Il voulut l'écarter mais il ne s'éloigna pas
lorsqu'il entendit :

— Attendez ! Vous qui avez vu la mort en
face. Pas la vôtre, mais c'était tout juste. La mort

de quelqu'un d'autre. Non ! Pas la mort d'une seule personne. Celle de plusieurs autres ! De beaucoup d'autres !

L'homme avait les yeux révulsés et semblait suivre un spectacle visible de lui seul. Amusé, Doc se dit qu'il voyait peut-être les milliers de morts que lui-même avait vus lors d'attentats, d'épidémies, de typhons, de séismes, chaque fois qu'il avait été réquisitionné pour une catastrophe ou une autre.

— Et que faites-vous dans ces temples avec toutes ces seringues ? Ah oui, je comprends…

Il parlait probablement des vaccinations de masse auxquelles Doc avait parfois participé. Celui-ci ne put s'empêcher d'être impressionné par la clairvoyance de l'individu. Un charlatan peut-être, mais plutôt doué. L'homme semblait maintenant en plein délire et rien n'aurait pu l'arrêter.

— Ce sont vos actions généreuses dans vos vies antérieures qui vous valent cette belle vie, car avouez qu'elle est belle ! Vos vies futures…

Doc ne l'écoutait plus. Comment un peuple qui a inventé le calendrier, la théorie des éclipses et de la rotation de la terre, la numération décimale et le zéro – égaré par une soudaine bouffée de chauvinisme, il ajouta même, pour faire bonne mesure, les échecs, le cricket et le polo –, qui a écrit de grandioses épopées et composé de sublimes musiques, peut-il croire à la réincarnation et *surtout* à l'influence des vies passées sur des vies à venir ? Serait-ce pour justifier souffrances et inégalités ? Le devin, lui, était bien obligé d'y croire, ou de faire semblant, pour exercer son métier.

— Attendez ! Je vois cependant une ombre au tableau, une ombre toute fraîche… Vous qui avez été dressé à l'impavidité, pourquoi cette jeune morte vous tracasse-t-elle encore ? Quelle importance ? Elle ne vous était rien. Vous n'avez fait que passer l'un à côté de l'autre. Sans plus. Sa renaissance a déjà eu lieu quelque part. Vous savez, nous appartenons chacun à quelques grands types morphologiques. Ils se répètent à l'infini, mais tout est pareil. Seules nos actions varient et peuvent changer le cours des choses. Tous les individus sont remplaçables. Regardez les chenilles, les vers de terre, les corbeaux, les merles, on dirait que ce sont toujours les mêmes et pourtant ce ne sont jamais les mêmes, car leurs vies sont bien plus brèves que les nôtres. Mais nous, nous avons l'impression que ce sont toujours les mêmes qui sont vivants sous nos yeux. Notre œil est lent, la main de Dieu, rapide, c'est ce qui fait que nous croyons en ce monde impermanent et trompeur. *Lîlâ*, *mâyâ*, reconnaissez enfin que le jeu divin, l'illusion, sont plus forts que la raison et gardez-vous d'oublier qu'il n'y a jamais de fin pour la bonne raison qu'il n'y a jamais de commencement. Ou plutôt, que chaque fin est aussitôt suivie d'un renouveau. Pourquoi, dans ces conditions, se soucier de la fin ?

Il avait mérité sa roupie. Doc se montra même un peu plus généreux et il en fut remercié par ces ultimes paroles :
— Qui meurt ici renaît ailleurs.

Puisqu'il se trouvait près de la gare, dans le grand Kânchî, il décida de faire une courte visite à un autre ami avant de se rendre chez Tilak. Le quartier abritait une multitude de temples. Il ralentit en passant devant Mâtangeshwara pour en contempler depuis l'entrée les colonnes sculptées. Chacune était ornée d'un lion dont la queue entourait sa base. Doc avait un faible pour les colonnes des temples et pour les lions.

Plus loin, à Kailâshanâth, il entra et resta perdu dans la contemplation des statues de Shiva dans toutes les situations et toutes les positions possibles. Un jour, Sumitrâ lui avait dit gravement qu'elle n'éprouvait aucune véritable foi en Dieu. Il revoyait son air songeur et un peu incrédule quand il lui avait rétorqué en guise de plaisanterie que même le mécréant, l'athée le plus convaincu, l'était par la volonté de Dieu. Sous les yeux du vieux gardien, qui le reconnaissait, il déposa ses mangues par terre, hésita, puis déposa également son parapluie. Il fit un petit geste en direction du vieillard qui le rassura d'un signe de tête, puis il se mit en quête de son ami. Il ne le voyait pas souvent car l'autre était un saint homme, un *pandaram*, dévot de Shiva, officiant jour et nuit dans ce temple consacré à son dieu. Doc ne manquait jamais de passer le saluer, même brièvement, et cette fois encore il en ressortit tout rasséréné. Après cette visite et la rencontre avec le devin, l'histoire qui l'avait retenu dans les parages lui sembla tout à coup très lointaine.

Il pensa même avec plaisir à de futurs projets. Ce serait agréable d'emmener sa famille à Ootacamund pour les vacances d'hiver. Ils profiteraient tous ainsi du bon air du Nîlgîri qu'il conseillait volontiers à ses patients. Il entra même au Silk Luxury Palace pour acheter un tissu à Vasantâ. Celui qui apprécie Râdhâ Silk House à Mylapore ou Poompuhar à Mount Road et croit avoir tout vu, reste pourtant ébahi devant les merveilleux tussors et taffetas, organdis et mousselines que propose – on accourt de partout pour les admirer – le Silk Luxury Palace et il n'est pas un regard, même masculin, qui n'en demeure ébloui. Doc lui-même trouva bien de l'agrément à déambuler entre les rangées de rouleaux d'étoffes aux couleurs éclatantes.

Il avait rendu visite au juge Tilak aussi et évoqué avec lui l'héritage inattendu de Lakshman, le frère de Sumitrâ, qui se retrouvait à la tête d'un beau compte d'épargne à la Grameen Bank, ainsi que son adoption imminente par un brahmane très orthodoxe qui croyait aux affinités dans les vies antérieures et disait retrouver dans les propos et les manières du jeune homme ceux de son propre grand-père. Il n'y avait dans l'entourage de cet homme aucun garçon adoptable et il ne pouvait se résoudre à rester sans fils, donc sans rites funéraires convenables, ce qui risquait de condamner son âme aux enfers. Il trouvait Lakshman assez sérieux et distingué pour être instruit des règles brahmaniques et les observer. Des purifications, des dons substantiels et de nourrissantes offrandes leur feraient obtenir les dispenses nécessaires et, bientôt brahmane à part entière, Lakshman serait désormais digne d'apprendre et d'enseigner le *Veda*, de recevoir et de donner l'aumône, d'accomplir des sacrifices pour son propre bénéfice et pour celui des autres. Le tout nouveau brahmane devrait pour un temps éviter son image dans les miroirs, le contact énervant des filles, les discours abusifs, la tentation des siestes… et gare à lui si, trois jours de suite, il n'accomplissait pas, disons, la *Sandhyâ* puisque ce rituel de l'aube pour honorer le soleil est le plus envié des privilèges brahmaniques. Tout ce qu'il y gagnerait serait d'être rabaissé au rang de *shûdra* !

Toute cette histoire avait bien plu au juge. Doc marchait maintenant au hasard, l'âme tout à fait tranquille. Cependant, il ne pouvait s'empêcher par instants de repenser aux événements récents. Mais ce n'étaient pas des pensées déplaisantes, car il y voyait très clair maintenant.

Certes, il n'avait pas l'impression d'avoir eu beaucoup de peine, cette fois, à résoudre l'énigme. Par exemple, et c'était un signe, il n'avait rien eu à consigner dans ses carnets secrets. Sumitrâ, être d'une grande finesse, avait laissé certains indices qu'il s'était contenté d'interpréter à sa façon, savante, sophistiquée, voire philosophique ou bien encore assez concrète pour identifier les agresseurs. A propos de philosophie, Sumitrâ, bien que ne possédant pas ce genre de culture, semblait avoir pris d'instinct à son compte ce précepte de Patanjali concernant la souffrance humaine qui enjoint de tout faire pour l'éviter :

Heyam dukhamanâgatam
« La souffrance à venir peut
et devrait être évitée. »

Sumitrâ avait apparemment tout mis en œuvre pour éviter la souffrance aux autres femmes et aux enfants. Sans échapper à sa propre souffrance, ce qui importait peu. Cela ne démentait pas le *sûtra*. Ou bien, cela le démentait-il totalement ? Perplexe, Doc se frotta furieusement une oreille.

Dès qu'il en avait eu le temps, il s'était mis à feuilleter sa vieille édition du *Mahâbhârata*. Paresseusement d'abord, car il connaissait bien l'histoire, puis avec un intérêt de plus en plus soutenu pour les tragiques aventures du prince Yudhisthira, premier époux de Draupadî, défié aux dés un soir de pleine lune à Hastinâpuram. Les scènes défilaient dans son imagination fertile. Le malheureux monarque jouait et perdait tour à tour tous ses trésors inestimables : son

splendide char d'apparat ; ses valeureux guer-
riers ; ses puissants éléphants de parade et de
combat, au nombre de dix mille ; ses cent mille
chevaux, tous de superbes pur-sang ; tout son
bétail, nombreux et gras ; ses quatre frères,
comme lui-même vaillants époux de Draupadî ;
et jusqu'à sa royale personne, dans l'espoir de
racheter ses frères bien-aimés ; ultime perte, et
non des moindres, la totalité de son beau
royaume. Désespéré, il avait enfin joué et perdu
sa reine adorée, la magnifique Draupadî, que les
perfides vainqueurs avaient cherché à humilier
en la déshabillant publiquement, car une femme
qui a cinq maris n'a que faire de la pudeur. Mais
la pureté et la détermination de cette belle princesse étaient si fortes qu'ils avaient dû arracher
jusqu'à trente robes pour la trouver, par pur prodige, toujours décemment vêtue.

Après l'humiliation, un exil de douze ans et
le servage volontaire à la cour des Matsya, où sa
force encore et son ingéniosité lui avaient permis
de déjouer viols et enlèvements. Jamais femme
ne fut plus belle et plus noble, à part les déesses
dont elle était presque l'égale. Pendant cet
éprouvant esclavage, méprisée par les suivantes
hautaines de la noble dame qu'elle servait, elle
avait dû piler le santal et se livrer aux tâches
domestiques les plus viles. De même, l'un de ses
cinq époux, champion de tir à l'arc, avait dû se
déguiser en danseuse et nouer des bracelets de
femme à ses virils poignets, tandis qu'un autre,
héros acclamé sur tous les champs de bataille,

avait consenti à devenir cuisinier. Tout cela, parce que Draupadî et ses époux princiers attendaient leur heure et, dans l'anonymat, agissaient en secret contre ceux qui avaient voulu leur perte.

Avant son exil comme à son retour victorieux dans son royaume, les péripéties de la vie de Draupadî, qui avait hanté la destinée de Sumitrâ, n'avaient peut-être pas de rapport évident avec celles de la vie de la défunte, mais à la réflexion, Doc ne trouvait pas tellement étonnant que cette dernière se fût assimilée dès son jeune âge à l'héroïne qu'elle connaissait depuis toujours grâce au métier de ses parents. Le destin de Draupadî, prémonitoire du destin de la vendeuse de coquillages, en tout cas aux yeux de celle-ci, l'avait forcément influencé.

Ensuite c'était Dîlip qui avait accepté de jouer avec elle au jeu des cinq maris. Puis, à cause d'une partie de dés, comme Draupadî elle avait été exilée, sans aucun époux, elle, et digne et forte, elle avait enduré bien des épreuves, toutes plus ou moins initiatiques comme celles de la princesse. Par exemple ce lavage de cerveau – Prasad avait qualifié ainsi la rééducation de Sumitrâ par Kiran Bedi – dont elle était ressortie plus solide et plus déterminée que jamais.

Comme Draupadî, elle avait su avec ruse et patience obstinée agir à l'insu de tous pour mener à bien ses projets et ainsi venir à bout de ses ennemis. Malheureusement, là s'arrêtait la similitude, car contrairement à ce que raconte l'épopée, ils avaient eu le dernier mot. Mais, avec un peu de chance, ils le paieraient peut-être et Sumitrâ n'aurait alors pas tout à fait perdu la partie. Doc ne s'étonnait pas non plus de la déclaration de Dîlip à la fin de son interrogatoire. Puisque désormais il ne pouvait plus prétendre à être l'un des maris de Sumitrâ-Draupadî, ni les cinq à la fois, il se contenterait d'être Sva, son chien fidèle entré avec elle et ses époux au paradis d'Indra dans l'Himâlaya.

Cela prouvait, soit qu'il disait n'importe quoi, soit qu'il avait vraiment adulé Sumitrâ, ce qui expliquait peut-être autre chose encore. Inconsciemment, Dîlip avait dû vivre l'immersion de la défunte comme celle des idoles à la fin d'une fête religieuse. Baigner l'idole n'est pas un crime mais un geste révérencieux. L'oncle et les truands n'avaient sûrement pas envisagé ainsi le bain de Sumitrâ.

Doc abandonna l'épopée pour revenir à des réalités plus récentes. Grâce à son interprétation des indices laissés par Sumitrâ, et surtout grâce au témoignage de deux gosses des rues, on avait pu remonter aux meurtriers. Mais il savait bien qu'il n'avait là-dedans aucun mérite personnel. Il s'en souciait peu d'ailleurs, comme de l'issue de l'affaire, de la morale et même de la justice. Peut-être les vrais tueurs y échapperaient-ils tout à fait. L'oncle et Dîlip, eux, seraient sûrement inquiétés.

— Je m'en vais l'envoyer soigner sa gueule de bois à l'ombre, celui-là, pour incitation à l'extorsion de fonds, complicité de torture et de

meurtre et non-assistance à personne en danger !
avait claironné Prasad en parlant de l'oncle. Une
petite cure de désintoxication ne lui fera pas de
mal, car si on y déversait les quantités d'alcool
qu'il ingurgite quotidiennement, l'océan débor-
derait. Et l'autre, le Dîlip, je vais le boucler à peu
près pour les mêmes chefs d'accusation. De
toute façon, il sera mieux à l'abri derrière les
barreaux puisqu'il a déjà reçu des menaces pour
avoir fait en sorte qu'on retrouve si vite le
cadavre. Bah ! Ils le choperont à sa sortie ! avait-
il enfin conclu avec une férocité tranquille.

Les parents, l'inspecteur l'avait dit une fois
encore, ne valaient même pas la peine d'un interrogatoire. Peu importait. Doc, mû par sa curiosité naturelle, n'avait agi que pour donner
satisfaction à Lakshman, le jeune frère de la victime, qui avait encore ses illusions sur la justice.
En hommage, aussi, à la mémoire de Sumitrâ.

Absorbé dans ses pensées, il poursuivait sa
promenade dans Kachchippedu, comme la
redondante langue tamoule nomme aussi Kânchîpuram. La veille, un de ces orages précur-
seurs de mousson avait momentanément fait
baisser la température. Mais elle recommençait à
grimper et paraissait d'autant plus excessive que
le taux d'humidité était élevé. Dans ce quartier,
certaines rues sans circulation étaient barrées de
fils de chaîne tendus sur de longs métier à tisser.
Dans les autres rues, celles où circulaient les

voitures, ils étaient disposés parallèllement à la chaussée, sous de grands arbres. Sur ces métiers, c'était surtout de la soie qu'on travaillait et les couleurs et les ors des fils chatoyaient au soleil. Doc s'arrêta plusieurs fois pour admirer les assortiments de teintes et surtout la dextérité des ouvriers. Il songeait forcément au *Veda* qui compare le sacrifice initial de la Création à un métier à tisser et le cosmos, né de ce sacrifice, à une trame tissée par lui. Tout en cheminant, il levait la tête vers les jeunes papayers vert tendre, graciles et élégants, qui se penchaient parfois par-dessus le mur d'un jardin.

Un peu plus tôt, puisque l'Ambassador avait rechigné à démarrer le matin, il s'apprêtait à réveiller le chauffeur du seul taxi en vue, lorsqu'une de ses connaissances lui avait proposé de le ramener en voiture à Madras dans la soirée. Il avait donc encore le temps d'entrer à Ekambareshwara.

Ce temple dit « aux mille colonnes » est aussi dédié à Shiva et Doc l'aimait particulièrement, même si le nombre de ses colonnes dépassait à peine cinq cents. Il avait grand goût pour cette multitude de piliers de bois sculpté, disposés de façon asymétrique, serrés ici, clairsemés là-bas, dans le but de donner, grâce à la lumière rare et parcimonieuse, une impression de sous-bois.

Au loin, entre les colonnes, il aperçut une silhouette féminine qui lui rappela nettement celle de Sumitrâ. Même les couleurs du sari ressemblaient à ce que *Panchgulâb* aimait porter.

L'allure, la démarche aussi étaient identiques. A s'y méprendre. Il lui sembla même qu'il flottait dans l'air tiède un subtil parfum de rose.

Comme il regardait avec intensité dans cette direction, la femme disparut soudain, fondue, intégrée aux colonnes, tel Tiruppâm, un disciple de Vishnu, célèbre pour s'être incorporé un jour à une statue du dieu et n'avoir plus jamais reparu.

Cette fois, Doc eut l'impression que Sumitrâ était sortie de sa vie pour toujours.

Glossaire

La plupart des termes étrangers sont généralement explicités par le contexte. On peut, cependant, en retrouver certains dans ce glossaire.

âyurveda. « Science de longue vie », médecine traditionnelle indienne.

bengalî. Langue indo-européenne parlée au Bengale et au Bangladesh.

bhaji. Boulette de légumes et d'oignons.

bidî. Cigarette indienne dont le tabac est enroulé dans une feuille séchée.

biriyani. Riz aux épices et aux légumes ou à la viande.

brahmane. Membre de la plus haute des quatre castes principales de l'Inde traditionnelle, composée à l'origine de prêtres et de savants.

crore. Dizaine de millions.

dosa. Fine galette généralement fourrée de pommes de terre épicées.

dvijâti. « Deux fois né », qualificatif du brahmane, qui naît une deuxième fois lors de l'initiation ; de l'oiseau, qui naît d'abord sous la forme d'un œuf ; de la dent qui tombe et se renouvelle.

gujarâtî. Langue indo-européenne proche de l'hindî, parlée dans l'Ouest de l'Inde.

ghee. Beurre clarifié employé pour la cuisine et pour les offrandes.

gulfi. Glace colorée au safran ou à la menthe.

halwa. Gâteau de semoule.

hindî. Langue indo-européenne parlée dans le Nord de l'Inde.

idli. Boule de riz cuit à la vapeur, servie avec une sauce relevée et des chutneys.

kalaripayatt. Arts martiaux du Kerala, pratiqués avec un poignard, un sabre, un bâton.

kannara. Langue dravidienne parlée au Karnâtaka et en Andhra Pradesh.

lîlâ. Terme philosophique désignant le « jeu » de la divinité qui se cache derrière les apparences, *mâyâ*.

Mahâbhârata. Grand poème épique en sanskrit (entre le IIe et le VIIe siècle).

malayâlam. Langue dravidienne parlée au Kerala.

marâthî. Langue indo-européenne parlée au Mahârâshtra.

mâyâ. Terme philosophique désignant le pouvoir d'illusion créé par le monde phénoménal et qui cache le « jeu » de la divinité, *lîlâ*.

melâ. Grande réunion religieuse ou, par extension, artistique.

oriyâ. Langue indo-européenne proche du bengalî, parlée en Orissâ.

pallankulli (tamil, *puhulmutu*). Jeu fait d'une planche de bois souvent en forme de poisson, creusée de trous sur lesquels on déplace des graines ou des coquillages.

Glossaire

paisa. Pièce de monnaie valant le centième d'une roupie.

Panchgulâb. « Cinq roses », nom d'un encens devenu le surnom de Sumitrâ.

Panchatantra. Le plus ancien des recueils de fables et de contes sanskrits (IIe siècle avant notre ère ?).

panjâbî. Dialecte de l'hindî occidental parlé au Panjâb.

Patanjali. Philosophe et grammairien (IIe siècle avant notre ère ?).

paratha. Variété de pain cuit dans la friture.

râga. Combinaison musicale destinée à susciter sensations et émotions.

râkshasa. Dans la mythologie, démon mangeur d'hommes.

Râmâyana. Grand poème épique en sanskrit du début de notre ère.

rasa. « Etat d'esprit » suscité par la puissance évocatrice d'un morceau de musique ou de toute œuvre d'art.

rishi. Devins et poètes des temps védiques.

sambar. Bouillon fortement épicé.

samosa. Petit pâté fourré aux légumes ou à la viande.

sandhyâ. Rituel brahmanique quotidien pratiqué au lever du soleil et parfois au crépuscule.

saptapâdi. Rituel de mariage dit des « sept pas » autour du feu sacré, qui consacre l'union.

shakti. Energie féminine, principe actif de toute divinité même mâle.

shâstra. Texte sanskrit non religieux traitant de tous les aspects du savoir et des lois.

shûdra. Membre de la dernière des quatre castes principales de l'Inde traditionnelle, composée à l'origine des serviteurs des trois autres castes (brahmane, *kshatriya*, *vaishya*).

sûtra. « Fil », aphorismes au travers desquels se déroule le « fil » d'une doctrine.

tablâ. Petit tambour utilisé par paire.

tamil ou tamoul. Langue dravidienne parlée dans le Sud de l'Inde, notamment au Tamilnâdu.

telugu. Langue dravidienne parlée en Andhra Pradesh.

toddy. Alcool de palme.

tulasî *(tulsî).* Plante proche du basilic, consacrée à Vishnu en tant que l'une des représentations de Lakshmî, sa parèdre.

upanishad. Texte sanskrit spéculatif commentant les *Veda.*

urdû. Dialecte de l'hindî occidental parlé par les musulmans.

Veda. Les plus anciens textes de l'Inde, considérés comme la « Révélation » et le fondement de la civilisation indienne.